滄海叢刊

野草詞總集

韋瀚章 著

1989

東大圖書公司印行

野草詞總集／韋瀚章著 -- 初版 --

台北市：東大出版：三民總經銷，民78

〔10〕，299面；21公分

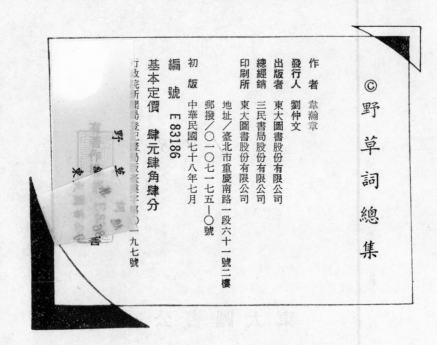

作　者　韋瀚章

發行人　劉仲文

出版者　東大圖書股份有限公司

總經銷　三民書局股份有限公司

印刷所　東大圖書股份有限公司
　　　　地址／臺北市重慶南路一段六十一號二樓
　　　　郵撥／〇一〇七一七五─〇號

初　版　中華民國七十八年七月

編　號　E 83186

基本定價　肆元肆角肆分

一九八三年一月二十五日。

右：一九八六年元旦於香港。
上：韋瀚章與屯門兒童合唱團團友。

一九三三年八月結婚照。

上： 一九六○年一月四日攝於沙勞越播音室。

下： 一九七三年十一月十三日晚中國廣播公司主辦。

　　　韋瀚章詞作音樂會(臺灣臺北市實踐堂)。

右： 瀚章十四歲與兄長炳章（十六歲）攝於翠微鄉朝

　　　灣祠花園。

一九七六年九龍塘柏苑。　　　　　　　一九七四年元旦於柏苑寓所，夫婦最後合照

ＣＢＭＣ 年會證道（一九七五）

上： 一九八三年十月香港電臺第五臺，前排爲樂壇三老（左：黃友棣，
　　右：林聲翕）後排左起，鄧慧嫻、費明儀、韋以莊。

下： 香港音專校慶（三十三屆）音樂會一九八三年六月十五晚於香港
　　大會堂音樂廳。

一九八四年生日，攝於音專。

一九八五年香港音專，同人為韋先生祝壽，並由校友獻祝壽圖。

一九八六年四月臺灣高雄。

一九八六年九月於健威花園寓所。

一九八五年二月（健威花園寓所）。

一九七六年丙辰十月二十六日，獨居無寐，情懷
落寞，展讀「鼓盆歌」集，題曰「婦遺照」，調寄
鷓鴣天（林聲翁作聯篇歌曲），低吟淺唱，悲不
自勝，遂成一絕：

終日無人別，公隊歲復年，閑情何所
寄？低唱鷓鴣天。

蝶戀花　一九七六年丙辰中秋，一夜濃懷蔽空，大
雨驟至，追夜深雨霽，雲層中斷露清
輝，獨自憑欄，感賦新詞：

酷暑將殘秋意又，颯颯西風，着臉催人皺。佳
節令宵齊仰首，無端陣雨吹來驟。　密
破雲層光斷續，借向荒山，也照孤魂否？
但得伊人情似舊，敢煩月姊傳音候。

一九七六年九月八夜

菩薩蠻

題劉明儀女士新作「梅花引」續篇

翻詞譯句閒功課，
發言不拾前人唾。
演示更知音，
詞明作者心。

熱忱傳國粹，
突破尋常例。
格調最清新，
偏宜年少人。

　*「演示」—— 以散文闡釋古人詞章，不用「箋」
　註而用一篇散文翻譯古詞。

　　　　　　　　　　　一九八二年十二月廿一日

黃友棣作曲

目　　次

韋瀚章傳

文　谷

　　當純白的梅花開得極盛的時候，野草正悄悄地生
長起來。當中國歷史上一個盛大的朝代面臨滅亡的時
刻，一個永恒的藝術生命正在誕生。

　　廣東中山縣翠微鄉比附近的村落都來得清潔，在
一戶人家裏，一個纏足的老婦人抱着一個初生嬰兒，
面對一個瞎眼的人坐着，那個算命先生對她說：「令
孫乙己年十二月二十三日卯時出生，肖蛇，照卦象看
來，令孫五行欠水，所以應取一個水旁的字為名。
此外，令孫命犯河伯，一生忌水，千萬不要讓他嬉
水。」從此，這個嬰兒就叫做韋瀚章了。

　　七、八歲已經喪父的他，自幼受祖母疼愛，每天
早上，她總叫他坐在天井的小板凳上，替他鬈上一條
辮子。閒來他在屋前的沙庭上捕麻雀，或爬到樹上摘
番荔枝。他跟祖母要過五個錢，跑到街頭轉角處去買
一碗「紅黑白」。這一種紅豆沙，芝麻糊和杏仁茶混
在一起的食物，是他最愛吃的東西。

　　六歲那年，韋瀚章進了一所小學就讀，那小學是
七年制的，四年初小，三年高小。他讀書很聰明，每
年都名列前茅，長輩對他稱讚不已。

　　「簾外雨潺潺，春意闌珊，羅衾不耐五更寒。」
一天，上學的時候，他的國文老師將這十六個字寫在
九宮格上，教他練習書法。

他未入學，已經跟哥哥念唐詩，但覺得這種句法與唐詩不同，於是拿着字範走到老師身邊，斜斜地擡起頭問道：「老師，請問這是什麼詩體呢？」

老師望着他，微微的笑了笑，說：「這不是詩，這是李後主的詞，詞牌是浪淘沙。」跟着，擺動脖子，高聲朗誦起來：「簾外雨潺潺，春意闌珊，羅衾不耐五更寒，夢裏不知身是客，一晌貪歡。獨自莫憑欄，無限江山，別時容易見時難，流水落花春去也，天上人間。」老師朗誦完畢，歎了一口氣之後，看見韋瀚章還在張大嘴巴，呆呆的望着他。

老師問：「瀚章，你是否很喜歡這首詞呢？」

「是。」韋瀚章使勁的點頭，生怕老師看不到似的。

「好，我寫給你吧！」

時間過得很快，他將這首詞不知背默過多少遍了。

一九一八年，第一次世界大戰結束，德國戰敗，日本在國際聯盟會上施加壓力，佔領了膠東。韋瀚章在學校成立了學生自治會。他還舉起小旗，領着同學四出演講和演話劇，大力宣傳抵制日貨。他更領着同學列隊步行到澳門關閘外，將小販擔着的日貨燒掉。鄉間店舖的商人，也自願將他們店內的日貨拿出來一

併燒掉。

很快，他就小學畢業了，一年的中學預科和三年在吳醒濂先生於上海創辦的南洋甲種商業高中的生活，孕育了他愛國的情懷以及奠定了他文學的基礎。

一九二四年，他進入上海滬江大學，先讀預科，再入文學系。

在大學裏，他最喜歡讀詞，常常向前清翰林林朝翰老師請教有關詞的問題。雖然他很喜歡詞，但他仍不敢妄作，因爲林老師對他說：「若非腦子中已構成了一首詞的輪廓，千萬不要逐句在紙上堆砌起來。這樣的詞作，是沒有文氣的。」

除了對國學有進一步的認識之外，他對基督教，也較從前認識得深入多了。大學裏的校長和很多位老師都是基督徒，他們很和藹，也很有愛心。

這時候，他與表妹吳玉鸞通信了。

在無數的信中，他發覺她的人品很好，讀書也比其他同年紀的女學生來得多，而且，談得很投契。

大學畢業後，他應聘進入蕭友梅博士主持的上海國立音專，任註冊主任。一九二九年九月，上海法租界畢勛路十九號，是一座花園洋樓，有網球場，籃球場和一個花園。一個中午，下課之後，校長在那裏將黃自介紹給他認識。

黃自身穿一襲半舊的淺灰長衫，走到他身旁，伸出手來緊緊地握着他的手，定神的望着他，嘴邊掛上一絲微笑說：「您好，很榮幸認識您。」那時，他立刻斷定黃自是一個溫柔敦厚，而又謙恭有禮的人。

翌年，也是初秋的時節，黃自擔任音專教務長一職， 與他住在同一座宿舍裏。 那是一棟三層高的樓房，樓下是女生的練琴室，二樓是黃自的宿舍，三樓就是他的了。他們一起弄午餐和晚餐，韋瀚章燒菜，黃自煑飯。 慢慢地， 黃自對他的炒蠔油牛肉情有獨鍾，韋瀚章認爲黃自燒的飯，比一流酒館還好得多。一起吃飯的時間多了， 大家的個性 與思想也逐漸了解，感情就漸漸地深了。

幾個月的時間很快就飛逝了，十二月二十四日，黃自與汪頤年結婚之後，黃自就搬到校外居住了。

一九三二年的春假期間，他穿起棕色洋服，深黃色皮鞋， 帶同幾個有家 歸不得的廣東 學生到郊外遊覽，祇見桃花處處， 忽然間，他想起家園中每年都會有桃花的， 於是不禁想起家來。回到宿舍，吃過晚飯之後，一個人走到露臺，斜倚欄杆，面對無邊星夜，想起了早上的事。突然，他想起：「李後主敎人『獨自莫憑欄』，然而，我卻在此良夜獨倚高樓，極目遠望。遠處，只見點點星宿，而我的家，卻遠在星宿之

外呢！」想到這裏，他轉身返回屋內，拿起筆來，寫了「思鄉」一詞。

「柳絲繫綠，清明繞過了，獨自箇憑欄無語，更那堪牆外鵑啼，一聲聲道：不如歸去。惹起了萬種閒情，滿懷別緒。問落花，隨渺渺微波，是否向南流？我願與他同去。」

春假復課之日，他抄了這首歌詞給黃自說：「你可否看看這首詞合不合作曲呢？」三天之後，黃自走到他身旁，滿面笑容，打開手裏的樂譜說：「你的大作，我已經在前天（一九三二年四月廿四日）作好曲了。讓我唱給你聽聽，請你指正一下，好嗎？」

他聽到之後，心跳得很厲害，滿臉通紅，雙腳不由自主地跟隨黃自走到課室去。黃自坐在鋼琴面前，準備彈奏，他屏着呼吸，生怕溜走了什麼似的，這時候，一室寂靜，他祇聽到自己的心跳聲。

雪白和黑得發亮的琴鍵，隨着黃自長長的手指跳動。歌唱罷，黃自對他解說一遍，還將伴奏中的流水啼鵑的樂句奏給他聽。潺潺的流水，啾啾的鵑啼，他聽得如痴如醉。他樂極了，決定從今以後，以創作歌詞為一生事業。

隨着處女作的成功，第二首歌詞又誕生了。那時候，他思念故鄉的情越來越深，因為那裏有他的愛

人。他想念愛人，認爲愛人一定盼望他回去，於是他用女方的口吻，寫下了「春思曲」：

「瀟瀟夜雨滴階前， 寒衾孤枕未成眠， 今朝攬鏡，應是梨渦淺，絲雲慵掠，懶貼花鈿。小樓獨倚，怕睹陌頭楊柳，分色上簾邊；更妬煞無知雙燕，吱吱語過畫欄前。憶箇郎，遠別已經年，恨祇恨，不化成杜宇，喚他快整歸鞭。」

寫完之後，他拿給黃自看，黃自讀了一遍之後，微笑說：「這是倣效李清照的風格吧？好，讓我試試看。」第二天早上，黃自將「春思曲」譜成了，於是將新歌彈給他聽。一開始，黃自卽用悽婉的旋律，奏出瀟瀟雨聲，將閨中空寂的鬱悶全顯出來。他聽得鼻酸了。

令人鼻酸的，是鄉愁相思；令人痛哭的，是國家民族的多難。在「春思曲」作後不久，一二八淞滬之戰便發生了。日本的暴行，顯露無遺。他感於戰爭的慘況，他遂寫下了「弔吳淞」。

一天， 深秋時分， 黃自拿着一首歌， 走到他身邊， 對他說：「這首歌太短了，你可否替我補上一闋？」他看了紙上的字：

「中華錦繡江山誰是主人翁，我們四萬萬同胞。強虜入寇逞兇暴，快一致， 永久抵抗將仇報。家可破， 國須保；身可殺， 志不撓。一心一力團結牢，努

力殺敵誓不饒！」

「好，寫得好，我試試吧！」不久，他補了一闋新詞：

「中華錦繡江山誰是主人翁？我們四萬萬同胞。文化疆土被焚焦，須奮起，大眾合力將國保。血正沸，氣正豪；仇不報，恨不消。羣策羣力團結牢，拼將頭顱為國拋！」

跟着，他針對日本人恥笑中國是「東亞老病夫」，恥笑中國人是「一盤散沙」，寫成了「旗正飄飄」：

「旗正飄飄，馬正蕭蕭，槍在肩，刀在腰，熱血似狂潮，好男兒，報國在今朝！快奮起，莫作老病夫，快團結，莫貽散沙嘲。國亡家破，禍在眉梢。要爭強，須把頭顱拋。戴天仇，怎不報？不殺敵人恨不消！」

黃自很快就將這兩首詞譜成了雄渾激昂的混聲大合唱，並且訓練音專同學，舉行抗敵演唱會，到杭州藝專舉行鼓舞敵愾後援音樂會。那天演出完畢，臺上臺下，巾幗鬚眉，莫不淚下。而這兩首歌詞，也像死寂的大地裏，猛然響起的一下雷聲，振奮了全國人民，同仇敵愾。有中國人的地方，也就有人唱這兩首歌了。

暑假期間，韋瀚章寫了中國音樂史上第一齣清唱

劇。Cantata 原本的譯名是「康塔塔」，甚至有人開
玩笑的譯作「看太太」。他在黃自的解釋下，創譯了
「清唱劇」這個名詞。他不單創譯了清唱劇這名詞，
還把「詩樂再結合」而又不是詩、詞、曲、新詩的這
種文體創譯爲「歌詞」。

　　創譯了清唱劇一詞之後，他希望有具體的作品出
現，於是他想寫一個清唱劇。他想了很多個題材，左
挑右挑的，最後，他選了「長恨歌」。他想：「『長恨
歌』戲劇性濃厚，而且人人熟悉，一定會很動聽的，
將來如果我這首清唱劇，能夠令國家多難的時候，仍
然沉醉聲色的同胞覺悟就好了。」

　　他根據白居易的「長恨歌」和洪昇的《長生殿》，
選了十個情節，寫成了十首歌詞，而黃自在半年中，
完成了七首合唱。其餘三首獨唱，因爲還沒有適合的
人選擔任，而且又要創作抗戰歌曲，於是就暫且擱下。

　　一九三三年暑假，他收拾行裝，回到故鄉去，因
爲，那裏有一個人等着他回去呢！

　　故鄉一切依舊，只是他與吳玉鸞的愛更深了。動
亂時代的婚禮，也不得不一切從簡，他們採用新式結
婚儀式，所以，花轎也就不需要了。他們在澳門宴客
之後，便回到翠微鄉的韋氏祠堂參拜祖先，跟着向長
輩行敬禮，這樣就完成了他們的婚禮了。

婚後，二人同往上海居住，三年平靜的時間轉眼過去。一九三六年，他爲了生計辭去了音專的工作，到南京當公務員。同年，黃自也辭去了教務主任的職位。

七七事變發生，中國全面抗戰，政府下令疏散公務員家屬，他不得不把愛妻送到上海，再乘船到香港。

不久，八一三事變發生，日軍攻擊上海，轟炸南京。他不得不經常躲到防空洞去，防空洞裏翳悶潮濕；而且因爲逃避空襲，飲食不定時，痔患復發，時常失血，造成嚴重貧血，病情一天比一天惡化，他不得不辭去工作，到上海租界養病。

第二年春天，他進了同仁醫院，但因病情嚴重不能施手術，住院個多月，一點起色也沒有。

他的主診醫生是黃自的老同學，瞞着他告訴黃自說：「韋先生的病情很嚴重，如此下去，再過三個月，恐怕就很危險了。」

黃自知道他的病況之後，決定勸他回家，好使他能與家人再見一面。臨別，黃自設宴送行。還邀得查哈羅夫教授和皮谷華教授作陪客。

一席華筵，無論有幾多款茶式，總有吃完的時候。筵席散了，客人歸家，黃自緊緊的握着他的手，

「瀚章兄……」黃自的聲音變得沙啞，眼角也閃着淚光。

韋瀚章握着黃自顫抖的手，咽喉也哽咽起來，滿懷惆悵，心想：分別本尋常，但國家多難，戎馬倥傯，此別不知何時才能相見，黃自一定以爲戰事頻繁，恐怕一別難得重逢，所以如此神傷，眞是情深如海，人生能夠有他一個這樣的知己，也死而無憾了。

黃浦江頭，響起離別的汽笛，他乘着意大利郵輪，漂洋過海，回到香港。

來到香港之後，他不停找私家醫生醫病，但怎樣醫也醫不好，於是入了香港分科醫院。

在上海紅十字會醫院這一邊，黃自也與他一樣，躺在病牀上。黃自最初染了傷寒症，後來轉變成腸出血，羣醫束手無策，音樂界便從此痛失一枚瑰寶了。

韋瀚章在病榻上突然接到一封「訃聞」，打開來一看，原來是黃自逝世的消息。他整個人頓然麻木了，茫茫然的向着旁邊的太太說：「黃自死了……」刹那間，已經灰白的臉變得更灰白，他像失去了知覺一般，整個人彷彿掉進了冰窖，他萬萬料不到，他如此病重，卻還活着，黃自本來十分健康的，卻因大腸出血，一去不返。他不明白爲什麼黃自那麼年輕，那麼有才華，待人那麼好，對學生那麼盡心盡力，卻偏偏

死了，那些壞人，卻仍然生存，他不明白，他不想相信，不想接受，黃自這個知己已經離他遠去。他雙眉緊鎖，咬緊牙根，默默地淌淚，不敢哭，生怕守在他身旁一天比一天清瘦的太太會因為他的傷心而難過。

黃自的病，醫院束手無策，韋瀚章這個病，醫院也同樣束手無策。於是他唯有離開醫院，回到家裏，另聘中醫治病。恰巧，他遇着一個醫術高明的中醫師，而且又是他的崇拜者，把他的痔瘡治好了。病好之後，他就在商務印書館當編輯，他更介紹了林聲翕當商務印書館合唱團的指揮呢！

夏天的天氣很熱，一日，合唱團到淺水灣暢游，他也邀林聲翕一道兒去。他自小因為忌水而不懂游泳，只好穿了游泳裝獨自跑到海邊的山腳下，眺望海景。

淺水灣眞是一個好海灣，一帶長長的細沙，被小波品飲着，灘旁的別墅和酒店，豪華非常，坐在這裏，好像是一個避風港，外面白頭的大浪，都與這裏無關。然而，沙灘的外面，是茫茫的海水，海水，浸着濛濛的遠山，山旁是片片浮雲，浮雲背後呢？背後，就是那被敵人攻佔的故鄉了。他想到這裏，內心非常悽愴，他懷念那水深火熱的故鄉。回到家裏，他就寫了一首「白雲故鄉」的歌詞。

「海風翻起白浪，浪花濺濕衣裳，寂寞的沙灘，只有我在凝望。羣山浮在海上，白雲躲在山旁，層雲的後面，就是我的故鄉。海水茫茫，山色蒼蒼，白雲依戀在羣山的懷裏，我却望不見故鄉。血沸胸腔，仇恨難忘，把堅決的意志築成壁壘，莫讓人侵佔故鄉！」

他拿了歌詞給林聲翕，請他作曲。林聲翕答應了。這是他們第一次合作。這首歌還灌成了唱片，發行超過十萬張。

一九四一年，太平洋戰爭爆發，香港也淪陷了，日本軍閥實施配米政策，每人每天只得六兩四的米，韋瀚章夫妻二人吃不飽，又沒有錢，只好到市場買了韮菜當飯吃。韮菜少吃則很可口，多吃了，卻不是說笑，不要說令人燥熱，嘴角生瘡，更令腸胃不適，大便不暢通，使痔瘡隱隱作痛，每次吃「韮菜餐」，吃不到一半，他就放下碗筷，然而，最後他還是將它完全吃掉。

吃完韮菜午餐，他常到羅廣雄處談天，羅廣雄本來是教管樂的，從來跟朋友租了一個寫字樓做生意，但因為打仗，沒有生意可做，於是他便常常到那裏跟羅廣雄一起談天。

一天，韮菜也吃得所餘無幾，袋子也空空的，他

踏着沈重的腳步來到羅廣雄那裏，談不到半天，便沒有心情談下去，於是便告辭。當他走到樓梯轉角處，羅廣雄突然從後趕上，強將幾十塊錢放進他的褲袋裏說：「拿去用吧！」

他頓然聲音也沙啞了，只含淚的望着羅廣雄，一聲多謝也沒有說，因爲，他覺得亂世之中，如此濃情，眞是一千句，一萬句多謝也不能表達於萬一。於是，他慢慢的走回家門去。

幾十塊錢，本來足夠他們個多月的食用了，然而，因爲舊病復發，而且日本人又四處找他，打聽他的下落，於是他們夫婦逃回廣州去了。

他在廣州一所中學任敎。有一天，午飯的時候，所有學生都回家吃飯，只剩一個學生獨在校園徘徊。他走上前問他：

「這位同學，別的同學都回家吃飯了，爲什麼你還留在這裏？」

那人低頭不語，淚，慢慢沿着他瘦削的臉龐爬下。良久，他說：「我除了一個年老的爸爸，別的一個親人也沒有。爸爸本來是敎四書五經的，然而，在這個時期，怎會有人學這些東西呢？所以，我們沒有午飯吃，旣然沒有午飯吃，我回家做什麼呢？不如省一點力氣來得更好，所以我沒有回家。」

「那麼，你跟我回家吃飯吧，反正，只是多加一雙筷子而已。」從此之後，那個學生每天都到他那裏吃午飯。

不久，韋瀚章因爲廣州常常被空襲，於是轉去沙灣，而那個學生也到別的地方去了。

他在沙灣中學教了不到一年書，戰事便結束了，他被聘回到母校上海滬江大學做秘書。

秋天的時候，吳玉鸞也到了上海，每天放學，她總跟他一起漫步田間，踩着黃昏的阡陌，向農人買一些新鮮蔬菜來做晚餐。他還吟了一首七絕：「年來已慣食無魚，偶向寒畦摘野蔬；嫩葉漫誇霜後綠，比將面色又何如？」生活不太豐足，連添衣服的錢也沒有，但愛人在身旁，比起一切享受都來得重要。

他這一次重回母校，生活雖然艱苦一點，但也十分悠游。母校除了牆壁比從前剝落得多一點之外，一切也沒有改變，不過，人事和人的心境就跟從前不大相同了。他想起四十年來發生的事可眞不少呢！

他想起八年抗戰，在炸彈中穿梭來往，歷盡了人生的生離死別，他想起黃自的死，想起自己意外地痊癒，想起與妻子的離離合合，想起在香港戰爭的時候，一天，他和太太在英皇道炮臺山徑走着，突然有人從對面路邊大喊：「你們找死嗎？炮彈就在你們立

腳處落下的！」於是他急急拖着太太走到對面的電燈
公司，隨卽，一個炮彈落在他們剛剛站過的地方……。
突然， 他覺得這都是神的安排， 他不相信世上有這
麼多巧合的事。於是，他在一九四八年八月八日受浸
了。

時間過得很快，又是春殘時分，黃浦江頭，一帶
江水，一堤綠草，水聲汩汩，煙海茫茫，他正在看得
入神。

九時多了，校長走到秘書室，對他說：「國文系
主任要離開本校退休了，今天十一時週會，你替我們
寫一首送別的歌吧！」

「不到一小時，我怎能寫得完呢，就是我寫好了
歌詞，也沒有人作曲呢。」

「不用作曲了，你就找現成的曲調好了。」

校長的腳步聲遠了，他呆呆地望着窗前的景色，
追懷起往事， 不到十五分鐘， 他就 依蘇 格蘭古調
Auld Lang Syne 填了一首「滬江舊雨」：

「黃浦江頭柳色新，朝雨浥輕塵，平堤芳草細如
茵，今日欲銷魂。送行人對遠行人，無語淚沾巾。音
書千里寄殷勤，天涯若比鄰。

黃浦江頭煙欲暝， 江水帶離聲，驪歌一曲不堪
聽，往事如潮迸。年來問道復傳經，春風座上迎，滬

江舊雨最關情，別後長溫省。」

他作完之後，就用正楷揮了兩幅大字，掛在禮堂
前，週會的時候，同學一起唱這首歌。一曲歌罷，有
些同學已泣不成聲了。

一九五〇年，他接到香港的電報說他的母親患了
重病，叫他回去，那時正值寒假，他就同太太一起回
到香港。

來到香港後，他在中國聖樂院（香港音專前身）
教授歌詞寫作。過了二年，又出任浸信會出版部的副
經理兼編輯。

時間過得很快，轉眼又到了他五十歲的生日了。

吳玉鸞吹熄桌上的蠟燭之後，將吃剩的霸王鴨和
碗筷搬進厨房去。韋瀚章望着空空的飯桌，半殘的紅
燭，忽然感慨起來，回到書房內，寫了「我」這首五
十抒懷歌詞：

「我問天公，倒不如把心問我：五十年來，這歲
月怎生渡過？年少才華輕一世，偏逢處處迎頭挫；更
況那，連年災難，殘書卷，都遭秦火。凌雲志，早
消磨，貧病債，交相禍。祇落得，嶙峋瘦影，短髮蕭
疎。祇賸得，衷誠一片，愛人如我。血汗千金隨手盡，
強抛心力為人助，從不肯，回頭恨錯，也不管，自身
結果。我師古人，祇怕古人笑我。我誤詩書？還是

詩書誤我？想一想呀，呵！呵！呵！」

　　吳玉鶯做好家務，回到房內，他將「我」這首歌詞給她看，她讀完之後，已成淚人。她想起從前一切，她想起半生和他一起，四處飄泊。現在雖然暫居香港，不知將來又會如何，二人一夜無眠。

　　二年後，他又再飄洋過海了。他應英屬北婆羅洲及砂勝越政府的邀請，往砂勝越首府古晉，協助他們創辦婆羅洲文化出版局，兼任華文編輯主任，除策劃出版書籍外，並訓練當地人員。

　　砂勝越有一條清澈的河流，兩岸種滿了椰子樹、橡膠樹和白胡椒。砂勝越的土著叫伊班人，又叫海達雅人，先祖是海盜，喜歡獵取人頭，他們有些人將光禿禿的頭骨掛在屋前。

　　砂勝越伊班人有很多村莊，每個村莊只得一所房屋，叫做「長屋」，這屋很長很長，是用木做的，所有村民都在裏面。

　　他們沒有文字，平日男女都是半裸的。韋瀚章到了砂勝越之後，着手替他們做羅馬拼音文字，並出版了幾本書籍，又訓練他們編輯、翻譯和出版。

　　砂勝越的環境十分閒靜清幽，平日公餘，他總跟太太在屋前的花園種花剪草，顛簸半生，今日總算能夠在他鄉安定下來。

　　幸福的日子，總過得十分快，九年的時間，又不知不覺地過去了。他向文化出版局申請退休，跟着在古晉檳嶺中學任教最高年級的翻譯和中國文學。

　　不久，香港基督教文藝出版社社長黃永熙博士親自專程由香港到古晉探訪他，請他回港修訂「普天頌讚」。

　　一九七〇年，他再次回到香港，跟黃友棣初次合作。兩年後，林聲翕將「長恨歌」補遺完成，在臺灣首演，轟動樂壇。

　　一九七三年十一月，中國廣播公司在臺北舉辦「韋瀚章詞作音樂會」，十二月，香港市政局與樂友社在香港也舉辦「韋瀚章詞作音樂會」。僑委會為讚揚他的成就，特別頒給他「海光獎章」，以示表揚。

　　對於中國近代音樂史上從沒有過的光榮，他淡然處之，他只希望能夠跟老伴共渡多一點快樂的時光。可惜，世事往往不如人意。

　　五月天，窗外的太陽很猛烈。吳玉鸞問他：「我想到市場買一點東西回來弄午飯。」

　　韋瀚章說：「不必了，今天這麼熱，你的血壓高還沒有完全治好，不若吃三文治好了。」

　　「也好。」於是他自己跑到牛奶公司買了回來。

　　午餐吃過，晚飯也吃過，他們上牀睡覺了。

半夜時分，他覺得胃部有些不適，於是起牀，亮了電燈，弄了一杯牛奶喝。吳玉鸞上廁所去，如厠之後問他：「現在是什麼時間？」

「三時一刻了。」

聽完之後，吳玉鸞回到牀上。不久，他也上牀。正當入睡的時候，她用力推了他一下，他立刻感到這一推不比尋常，不知發生什麼事，他亮了燈一看，見到她眼睛也定了，只有呼氣沒有吸氣，他立刻替她做人工呼吸。做了很久，他也疲倦了，而她的呼吸也較平靜了，他將她移到牀中間，生怕她滑下牀去，然後，他打電話請醫生來。

醫生很快就來到，立刻替吳玉鸞把脈，聽了一會兒，他放下聽筒，慢慢的轉過身來，對他說：「她的心臟已經停止了。」

他聽到之後，整個人呆了一大陣了，模模糊糊的看見醫生爲自己量血壓，模模糊糊的聽見醫生說：「你的血壓也很高，一百七十度，你要小心一點，還有很多事情等着你去辦呢。」

他抖抖精神，打電話給吳玉鸞的弟弟子長，又通知其他親戚。第二天清早，他便送她到殯儀館去。

無兒無女的他們，早已協定，無論那一個先去，都火葬，然後將骨灰撒在山坑上，反正沒有兒女會上

墳，一切在對方心裏紀念就是了。

他將她火葬， 但他不忍將她的骨灰撒落在山坑上，於是將那堆骨灰埋在山邊。有人提議在骨灰旁邊種一棵樹爲記，他選了黃槐，因爲黃槐在五月開花，他相信太太不是死去，而是重生。

一切後事都辦完了，韋瀚章覺得十分十分疲累，他往牀上一躺，便睡到天明。

晨鳥偶爾的叫了兩聲， 他醒來了。 一陣涼風吹過，他慢慢掉下淚來。自他太太死後，他還是第一次落淚。前些時間忙着這，忙着那的，根本就沒有時間悲傷。現在一切都辦好了，一份空寂的感覺就慢慢蠶食他的心靈，除了空寂之外，他什麼感覺也沒有。望望牀邊，空空的，他忽然覺得整座房子靜得可怕。

往後的日子他照常工作，每天早晚照常的祈禱讀經，他沒有埋怨上帝在二十五年前召回黃自，現在，也沒有埋怨上帝帶走了吳玉鸞， 一切都是上帝的安排，他仍要努力，盡自己的本分，因爲這是報答上帝唯一的途徑。然而，儘管他相信太太如此美好，一定上天堂去，而他也相信天堂一定美好，但是每天當他走進厨房煮食的時候，他就想起她從前每天都替他燒菜煮飯，使他生活得舒舒服服。他想起每當大家意見不合的時候，只有他罵她的分兒，而她最多只是回答

一句：「是嘛，我就是不懂的。」他想起他們以前在南洋居住時，他們帶了一個順德女傭同去，那個女傭最愛看粵劇，但那裏沒有粵劇上演，於是她便將悶氣發洩到玉鸞身上，他覺得如果是罵他還不打緊，但是罵玉鸞，他便將她辭退了。他想起……

日子一天一天空白地過去，他像機器般生活了一段日子，又是深秋時分。一夜，他被淅淅的雨聲弄得不能入睡。於是，他坐了起來，亮了燈，順手將牀頭玉鸞的遺照拿來看看，「鸞，你在天堂快樂嗎？自你去後，雖然很多親戚朋友，學生等來探我，對我也很照顧關懷，但怎及得你呢？他們每次來，都談起你，說你怎樣好，怎樣好，使我更加想念你，想念你，使我更加難過。自你去後，再沒有人跟我分享我的感受，自你去後，冷的時候，沒有人為我添衣，餓的時候，沒有人為我煮食，玉鸞啊，自你去後，我很苦呀！」他想着想着，就流下淚來，心中有一股鬱結，不吐不快，於是下牀，用「鷓鴣天」的詞牌，寫了一首詞：

「撒手無言去不還，空留一我在人間。哀愁喜樂憑誰說？冷暖饑寒祇自憐。　思宛轉，淚闌干，幾回看罷又重看。曾知畫裏無尋處，猶欲含酸覓舊歡。」

又一夜，他夢見太太回來探他。庭院依舊，玉人依舊，他們相對無言，只有飲泣。醒來，眼角仍濕濕

的，他也弄不清楚究竟是夢還是眞的，然而，他身邊的她已不知所踪，這卻是千眞萬確的事。他爬下牀來，寫下了「紀夢」：

「一樣的深沉院宇，一樣的寂寞粧臺，一樣的她，依稀猶在；一樣的我，祇如今新添了一段悲哀。一樣的含愁無語，一樣的熱淚盈腮，一樣的相看哽咽，一樣的欲訴情懷，一樣的怨恨人天永隔，一樣的痛惜舊歡難再，怎須臾一夢，醒得恁快！一樣的深沉院宇，一樣的寂寞粧臺。一樣的她，如今安在？一樣的我，空賦著魂兮歸來！魂兮歸來！」

日子無聲地流過，又是五月六日。吳玉鸞已經死去一年了。他帶同鮮花，到山頭憑弔。蕭蕭風聲，茫茫野草，他想起從前的事，宛如昨天發生似的，但他身旁的黃槐，卻已經長得很高，而且開花了。他不得不相信，玉鸞是不會再回來了。他在黃槐樹下徘徊徘徊，便用虞美人的詞調寫了一首詞：

「槐花吐蕊青枝小，渾覺經年了。黃泉碧落兩茫茫，空待清明過後望重陽。　天堂似否人間苦？有恨憑誰訴？亂雲斜雨又黃昏，且向荒山一問未招魂。」

雖然親友和學生的關懷始終不及太太的慰藉，但他很感謝他們。在廣州那個他曾每天跟他一起吃午飯的學生，更寫信請他到他那裏居住，他說他會供養韋

瀚章的。韋瀚章婉拒了，但心中仍十分感謝。

　　時間過得很快，轉眼又是他的七十四歲生辰，他一個人品飲着自己的生日酒，忽然有所感觸，於是寫了一首「金縷曲」：

　　「七十童齡耳，到今朝，三年纔滿，四年開始。世路遙遙行未倦，漫步於今至此。且莫問：前程能幾？半世周旋貧病債，近年來，更嚼孤零味。吾命運，豈如是？平生酷愛雕蟲技，苦沈吟，尋詩覓句，把閒情寄。往事那堪回首看，由他消沉自姜。但樂得，人隨心喜。願把斯文傳後學，便餘生，萬樣皆閒事。名與利，早休矣！」

　　他不停寫歌詞，不停教學生，希望能夠將樂教傳揚。一天，他將「我」這首歌詞教導一個學生，當他教到「血汗千金隨手盡，強拋心力為人助，從不肯，回頭恨錯，也不管，自身結果。」那學生連連讚好。不久，這學生藉故向他借了平生儲蓄，之後，一去無踪。

　　韋瀚章並沒有怪責他，也沒有對其他學生存有戒心，他仍盡力教導他們，幫助他們。

　　一九八一年，他應香港市政局之邀，寫了他第一部歌劇「易水送別」。一九八三年，獲臺灣文藝基金委員會頒發「特別貢獻獎」，一九八四年，香港音樂界為表揚他的功勳，再次舉辦韋瀚章詞作音樂會，名

之爲「韋瀚章歌詞創作五十二年音樂會」，他十分高興。那一夜，他回到家裏，想起十年前音樂界爲他開第一次音樂會，十年後又再次開音樂會，場面一樣的轟動，各界人士一樣的熱情，只是這一次玉鶯沒有參加，也許她已來了，但他看不見，不過，他相信她一定會來的。

八十歲生辰那天，音樂界爲他慶祝八十大壽，他非常感動。慶祝完畢，回到家裏，他怎樣也睡不着，在牀上輾轉反側，他覺得人生七十古來稀，能夠活到八十歲，已經是不簡單的事，而人生能夠有如此成就，也更不枉此生了。然而，這八十年來，也不是過得十分容易，他想起了翠微鄉，想起了上海，想起了砂勝越，想起了香港，他想起了黃自，想起了吳玉鶯，他覺得好像一場夢，但又是如此的眞實，前路是怎樣，他不知道，他只知道一切都是上帝的安排，他感謝上帝爲他所安排的一切，他只知道無論未來怎樣，他一定會繼續努力創作歌詞，這是他唯一能報答上帝的方法。

想到這裏，他又走到書桌旁邊，坐下來翻開桌上的聖經，聖經上面寫着：「忘記背後，努力面前的，向着標杆直跑……」(腓立比書：三，13—14)

（一九八七年二月）

序

　　自從一九七七年冬，印行過拙作《野草詞》百篇之後，到如今不覺又逾十年。這十年來，生涯孤苦，既無交遊活動，更少出外旅行。日常工作，除經常執筆或開卷之外，每天都要操持家務，所以對歌詞寫作，除團體歌詞或應酬篇章之外，很少抒懷寫意之作。總計起來，一共寫作了一百二十餘篇——包括一兩篇清唱劇，幾篇組曲，和一部為香港市政局中樂團寫作的歌劇「易水送別」而已。如今，因為年將八五，體力自去年開始衰退，最顯著的就是視力衰弱，閱讀不久，便感眼倦神疲；寫作三五行，便覺眼花撩亂，不能繼續閱讀或寫作了，尚幸經醫生檢驗，診斷我這種衰退原因，並非心臟失常，也非血壓過高；祇因營養不足而已。

　　自從「思鄉」一首處女作的詞被黃自為我譜曲（一九三二年四月廿四日）之後，我得到這番鼓勵，即決心以寫作藝術歌詞為終生事業了，我當時也明知這種事業，是不能維持生活的，所以我另謀職業（學校行政，教學，出版，寫作，編輯及秘書等職務），

以維生活。到如今這把年紀，當然要退休讓賢了；但我如果體力仍健，眼不失明的話，我當然繼續專心作我的一生事業——寫作藝術歌詞。

中國文字至少有三種特質與西方文字不同：㈠字形是方塊的；㈡字音是單音的；㈢字音有四聲平仄的分別。因此，寫作中文歌曲，演唱中文歌曲，甚至聽中文歌曲，我們必須深切認識這三種特質，以免發生錯誤。當我在香港音專教授「中國歌詞習作」的時候，我曾建議：理論作曲系的學生都必須選修這一科；其他各系，尤其聲樂系學生，也該選修該科，以免他們演唱中文歌曲時，對歌詞的意義及詞句的發音，發現疑難。其實，凡是研習音樂的人，對中文歌詞都應加以注意或研究，否則當他們要寫作或演唱或欣賞中文歌曲時，一定會感到困難。

去年我因為年高體弱，精力視力，急劇衰退，不得已辭掉香港音專校監及歌詞教席。但深感樂教圈內，對歌詞寫作的興趣不濃，作者太少，所以中文藝術歌曲出產不多，真是樂教的一個大缺憾！我卽使想盡力推動，祇惜衰老無能、聲嘶力竭，不再中用了。所以最近擬與年輕同道詞人，籌組「藝術歌詞研究會」，推動該項樂教工作，為中文藝術歌曲力謀發展。

另一方面，已將近年拙作與上次出版的《野草詞》合編成冊。復蒙東大圖書公司，允予出版，以作鼓勵！謹此銘謝，並望藝術歌曲，更作遠大發展。

本書蒙青年同道陳偉強君、曾羣英女士整理謄抄，頗費心力，謹此銘謝！

深望讀者多多敎正，無任感盼！

韋瀚章　一九八八年八月於香港

野草詞總集

思　　鄉

柳絲繫綠，
清明纔過了，
獨自箇憑欄無語，
更那堪墻外鵑啼，
一聲聲道：
「不如歸去！」
惹起了萬種閑情，
滿懷別緒。
問落花，
隨渺渺微波，
是否向南流？
我願與他同去。

春 思 曲

瀟瀟夜雨滴階前，

寒衾孤枕未成眠，

今朝攬鏡，

應是梨渦淺，

綠雲慵掠，

懶貼花鈿。

小樓獨倚，

怕睹陌頭楊柳，

分色上簾邊；

更妒煞無知雙燕，

吱吱語過畫欄前。

憶箇郎，

遠別已經年，

恨只恨，

不化成杜宇，

喚他快整歸鞭。

春 深 幾 許

春深幾許，

連日東風，

吹起亂紅如雨。

曾記越臺春欲暮，

啼鶯翻樹，

紅棉正媚嫵。

悵前約空留，

難覓舊時遊侶。

寒食清明，

都向愁中消去。

閑凝佇，

問春光，

忽忽別我歸何處？

荷　花

（獻贈應楊萃蓮女士）

微風送暖，

驕日弄晴，

小池塘，

綠水一泓。

翠蓋初張，

紅蕤新剪，

幽幽眞色泥難染，

淡淡天香遠更清。

祇生來，本不慣逢迎，

嫌趁春光早，

任妖桃艷李，

妍麗休共他爭，

儘暹暹吐蕊，

臨波自照影亭亭。

梨　花　落

梨花落，梨花落，

梅後桃前一瞬間，

東風何事苦摧殘？

怨的是儂命薄，

恨的是他情薄，

敎將宿淚洗鉛華，

池邊照影顏非昨，

梨花落，梨花落。

五月裡薔薇處處開

五月裡薔薇處處開，

胭脂淡染，

蜀錦新裁。

霏紅疑是晚霞堆，

蜂也徘徊，

蝶也徘徊。

五月裡薔薇處處開，

不見春來，

只送春回。

弔 吳 淞

春盡江南，

不堪回首年前事。

到如今，

一寸山河一寸傷心地，

極目吳淞，

衰草黃沙迷廢壘，

澱浦暮潮生，

點點都成淚！

白骨青燐夜夜飛，

可憐未竟干城志。

抗 敵 歌

中華錦繡江山誰是主人翁？

我們四萬萬同胞。

強虜入寇逞兇暴，

快一致，永久抵抗將仇報。

家可破，國須保；

身可殺，志不撓。

一心一力團結牢，

努力殺敵誓不饒！

中華錦繡江山誰是主人翁？

我們四萬萬同胞。

文化疆土被焚焦，

須奮起，大眾合力將國保。

血正沸，氣正豪；

仇不報，恨不消。

羣策羣力團結牢，

拼將頭顱爲國抛！

旗 正 飄 飄

旗正飄飄，

馬正蕭蕭，

槍在肩，刀在腰，

熱血似狂潮，

好男兒，

報國在今朝！

快奮起，

莫作老病夫，

快團結，

莫貽散沙嘲。

國亡家破，

禍在眉梢。

要爭強，

須把頭顱拋。

戴天仇，怎不報？

不殺敵人恨不消！

長 恨 歌

（清唱劇）

（一）仙樂飄飄處處聞

（混聲合唱）

驪宮高處入青雲，

歌一曲，

月府法音，

霓裳仙韵；

舞一番，

羽衣迴雪，

紅袖翻雲。

宛似菡萏迎風，

楊枝招展，

飄飄欲去卻回身。

更玉管冰絃嘹亮，

問人間那得幾回聞？

（二）七月七日長生殿

（女聲三重唱；明皇楊妃二重唱）

風入梧桐葉有聲，銀漢秋光淨，

年年天上留嘉會，羨煞雙星。

祇恨人間恩愛總難憑，

如今專寵多榮幸！

怕紅顏老去，

卻似秋後團扇冷。

仙偶縱長生，那似塵緣勝？

問他一年一度一相逢，

爭似朝朝暮暮我和卿！

舉首對雙星，海誓山盟：

在天願作比翼鳥，

在地願爲連理枝，

兩家恰似形和影，

世世生生。

（三） 漁陽鼙鼓動地來

（男聲合唱）

漁陽鼓，

起邊關，

西望長安犯。

六宮粉黛，

舞袖正翩翩，

怎料到邊臣反？

那管他社稷殘！

祇愛美人醇酒，

不愛江山。

兵威驚震哥舒翰，

舉手破潼關：

遙望滿城烽火，

指日下長安。

（四）驚破霓裳羽衣曲

（男聲朗誦）（補遺）

醉金樽，敲檀板，

夜夜笙歌，玉樓天半，

輕歌曼舞深宮院，

海內昇平且宴安。

猛不防，變生肘腋，邊廷造反。

祇可恨！

坐誤戎機的哥舒翰，

稱兵犯上的安祿山。

咚嚨嚨，鼙鼓聲喧，破了潼關。

諕得人，神昏意亂，膽顫心寒！

沒奈何，帶領百官，棄了長安。

最可憐！

溫馨軟玉嬌慵慣，

祇如今，

怎樣驅馳蜀道難！

（五）六軍不發無奈何
（男聲合唱）

僕僕征途苦，

遙遙蜀道長，

可恨的楊貴妃，

可殺的楊丞相。

怨君王，

沒箇主張，

寵信着楊丞相，

墮落了溫柔鄉，

好生生把錦繡山河讓，

亂紛紛家散人亡。

（六）宛轉娥眉馬前死
（楊妃獨唱）

從前好事易摧殘，

祇怨緣慳！

迴腸欲斷情難斷，

珠淚雖乾血未乾。

勸君王淒涼莫爲紅顏嘆，

珍重江山！

兩情長久終相見，

天上人間。

（七）夜雨聞鈴腸斷聲
（混聲合唱）（補遺）

山一程，水一程，崎嶇蜀道最難行，

高一層，低一層，恰似胸中恨難不平，

回首馬嵬驛，但見亂山橫。

日漸暝，暮雲生，猿啼雁唳添悲哽！

亂旗旌，風搖影，冷雨淒淒撲面迎，

慌忙登劍閣，雕鞍且暫停。

夜已深，人已靜，

瀟瀟雨，淅零零，

灑向幽窗，滴響銅鈴，

一行行是傷心淚，

一滴滴是斷腸聲。

風一更，雨一更，孤衾如水夢難成；

哭一聲，嘆一聲，有誰了解此時情？

心似轆轤轉，

嗚咽待天明。

（八）山在虛無縹渺間

（女聲三重唱）

香霧迷濛，

祥雲掩擁，

蓬萊仙島清虛洞，

瓊花玉樹露華濃。

卻笑他，

紅塵碧海，

幾許恩愛苗，

多少痴情種？

離合悲歡，

枉作相思夢，

參不透，

鏡花水月，

畢竟總成空。

（九）西宮南內多秋草

（男聲朗誦）（補遺）

地轉天旋，幾番寒暑，

歷劫歸來，依稀院宇。

但見那：

花萼樓高，芙蓉院小，

一般的畫棟雕梁，珠簾繡柱；

西宮南內秋草生，

黃花滿徑添愁緒。

怕見那：

梨園子弟，阿監青娥，

斑斑兩鬢霜如許。

祇不見：

曲奏霓裳，羽衣迴舞。

唉！問玉人何處呀？玉人何處？

如今啊！夕殿飛螢，孤燈獨對，

舊情新恨向誰語？

數更漏，淚如雨！

（十）此恨綿綿無絕期

（混聲合唱；明皇獨唱）

淒淒秋雨灑梧桐，

寂寞驪宮，

荒涼南內玉階空，

慘綠愁紅。

悠悠生死別經年，

魂魄不曾來入夢。

如今怕聽淋鈴曲，

祇一聲，

愁萬種。

思重重，

念重重，

舊情新恨如潮湧，

碧落黃泉無消息，

料人間天上，

再也難逢。

憶 江 南

（雨後西湖）

西湖好，
最好是新晴：
垂柳乍分波面綠，
行雲纔過遠山靑，
時節近淸明。

蝶　戀　花

（重遊西湖）

十載重來尋舊處，

山水依稀猶記當年路，

芳草盈堤花滿樹，

清明歷亂黃鶯語。

拂面垂楊千萬縷，

尺尺柔絲欲縮行人住。

最是啼鵑牽別緒，

聲聲卻喚人歸去。

卜 算 子

（寄所思）

經歲未還鄉，
鄉思因人老。
屢約歸期總誤期，
知道和春惱。

欲待不言愁，
翻覺愁多好。
俯首捫心細料量，
春爲儂顚倒。

夜　　怨

黃昏且把殘粧卸，

又見淒涼冷月，

暗移桐影上窗紗。

恨冤家，累的儂，

撇也撇不開，

拋也拋不下。

昏沈沈，不思想軟飯甘茶。

悶懨懨，不知道寒多煖夏。

數着算着，只望他的人兒早回家。

挨着待着，只望他的話兒無虛假。

瑟瑟西風吹鐵馬，

無端又引儂牽掛。

羞對鴛鴦瓦，淚濕紅綾帕，

相思也罷，閑愁也罷，

這腰圍消瘦了，

只爲冤家。

四時漁家樂

春

漁家樂，

桃花渚，

如霧如烟春雨。

箬笠蓑衣不覺寒，

隨着東風飄去。

夏

漁家樂，

蓮花渚，

碎玉零珠急雨。

青篙繭縷一輕舟，

衝向白雲深處。

秋

漁家樂，
芙蓉渚，
野鶩輕鷗爲侶。
蘆汀葦岸儘勾留，
明月清風無主。

冬

漁家樂，
雪盈渚，
兩岸數聲村鼓。
人言時節近殘年，
管他幾番寒暑。

睡　　獅

睡獅睡了幾千年，
蛇蟲狐鼠亂糾纏；
今天吸我血，
明天扼我咽。
大家欺我老且懦，
得寸進尺來相煎。
睡獅醒！睡獅醒！
莫要偷安眠。
皮毛血肉將不全，
何須搖尾乞人憐？
奮鬥心須壯，
復仇志要堅。
睡獅醒來威震天，
蛇蟲狐鼠莫敢前。
睡獅醒！　睡獅醒！
醒了再不眠。

燕　　語

君莫問：

別來何處？

君莫笑，

畫梁依埘。

君更莫慮舊時巢，

受盡風風雨雨。

我但願共春同住；

我但得主人如故，

我便從頭築起新巢，

那怕辛辛苦苦。

農　歌

春天三月雨綿綿，

坭土不燥也不黏。

東風吹人不覺寒，

辛苦農夫好耕田。

柴門外，

麥田邊，

工作個個要爭先，

如今勤力收成好，

大家得過太平年。

秋 郊 樂

秋郊樂，

樂如何？

日映楓林紅似火，

風搖衰柳舞婆娑。

大家走到溪邊坐，

同唱野遊歌。

漁夫牧豎都來和，

拍掌笑呵呵。

秋 色 近

秋色近，
起西風，
草萎、
花殘、
葉落，
林疎、
水淺、
山空。
度過嚴霜，
挨過寒冬，
待到陽春天氣，
依舊萬紫千紅。

採 蓮 謠

夕陽斜，

晚風飄，

大家來唱採蓮謠。

白花艷，

紅花嬌，

撲面香風暑氣消。

你划槳，

我撐篙，

撥破浮萍過小橋。

船行快，

歌聲高，

採得蓮花樂陶陶。

秋　夜

靜，

秋水無痕似鏡。

聽！

何處漁笛聲聲？

丹楓露冷，

銀漢澄清，

斜掛一輪孤月，

稀微幾點疎星。

光明的前途

前進！前進！
黑夜的行人，
勇敢前進。
莫怕月色陰陰，
莫怕星光隱隱。
鼓起雄心，
振起精神，
跑過夜幕後面，
前途便是光明。

憶 江 南

（春光好）

春光好，
風景一番新。
滿苑飄香花似錦，
幾重迷徑草如茵，
忙煞踏青人。

老大徒傷悲

黃金似的年華虛度過，

到今朝衰老纔知悔錯，

蕭蕭兩鬢皤，

徒喚奈何。

瘦影已婆娑，

徒喚奈何。

雄心壯志早消磨。

斜陽景，

已無多。

暫且蹉跎！

九 一 八

九一八，

血痕尚未乾；

東三省，

山河尚未還！

海可枯，

石可爛，

國恥一日未雪，

國民責任未完！

植　樹

氣轉春陽，
土潤如漿，
學校園，
好作造林場。
今朝植青樹，
他年作棟樑。
小青樹，
好培養。

卜 算 子

（贈別）

纔自天涯來，
又向天涯去。
來去飄浮水面萍，
後會知何處？
離合與悲歡，
畢竟難憑據，
待得他年見面時，
細把心情敍。

一 半 兒

（西湖船娃）

眉分柳葉眼波橫，

腮泛殘霞百媚生，

含羞帶怯，猶自低垂頸。

「若爲情？」

一半兒支吾，一半兒哽。

給薔薇

當這醉人的暮春天氣，

我曾有過火般的熱情，

我曾迷戀過鮮豔的薔薇。

她無知地微笑着，

也似了解得我的誠意。

迷戀的心情，

埋沒着一切理智，

迷戀的心情，

引起我的自私。

我把那鮮豔的薔薇，

擁在我的懷裏，

卻不防她銳利的刺，

給我一個大大的傷痕，

永遠留在我的心底。

虞美人

（寒夜聽雨）

晚來沒箇消閒處，

又況蕭蕭雨！

寒窗點盡幾多愁？

伴我孤燈孤影守空樓。

無言坐到三更後，

此味人知否？

階前雨共淚珠攙，

流過清腮滴滴落青衫。

秋 江 晚 步

衰柳數聲蟬噪，

疎林幾點鴉歸，

野砌蛩吟急，

殘塘蛙唱微。

長堤外，

片片輕帆送夕暉。

紅蓼岸，

自徘徊，

瘦影無端驚野鴨，

群逐落霞飛。

暮　　冬

重雪嚴霜，
天凍風狂，
掩埋了百草，
摧萎了群芳。
任它怎樣兇狠，
隨它怎樣披猖，
祇吹落枯枝殘葉，
卻難毀幹老枝強。
看梅花樹樹，
枝頭早露春光。

浪 淘 沙

愁債一般般，
何日償完？
年來心緒總辛酸，
且莫向人和淚說，
留待偷彈。

猶自強言歡，
憂色難瞞。
乍歌乍泣豈無端？
欲把傷心詞上寫，
寫與誰看？

卜算子

（寒夜曲）

霜凝白草寒，

風破深宵靜，

衰柳枯桐豈解情，

猶自憐淸影。

前夢已成塵，

幽恨憑誰省？

強壓閒愁整笑顏，

怎奈心灰冷！

雁

紅蓼岸，

白蘋洲，

水遠天長時候，

一行行，

飛破江南夢；

一聲聲，

喚起塞北愁。

故國淪亡，

問君知否？

好山河，

再也難留。

嘆中原，

同群相殺，

干戈何日能休？

蟬 的 歌

知了知了，

春去夏來，

深柳和風青草。

痴了痴了，

盡日高歌，

不管後來煩惱。

悲了悲了，

從前快樂，

如今不得溫飽。

遲了遲了，

青年懶惰，

老大淒涼自討。

醉 漢 之 歌

何事恨填胸,

富貴貧窮,

但由它造化小兒簸弄。

看人生,

繁華正度三更夢,

回頭便聽五更鐘。

倒不如,

生涯長寄醉鄉中,

祇願金尊滿,

祇願玉醪濃,

他人笑罵,

我自痴聾,

世態有炎涼,

一概都不懂!

白 雲 故 鄉

海風翻起白浪，

浪花濺濕衣裳。

寂寞的沙灘，

祇有我在凝望。

羣山浮在海上，

白雲躲在山旁，

層雲的後面，

便是我的故鄉。

海水茫茫，

山色蒼蒼，

白雲依戀在羣山的懷裏；

我卻望不見故鄉。

血沸胸膛，

仇恨難忘，

把堅決的意志築成壁壘，

莫讓人侵佔故鄉！

浪 淘 沙

（失眠）

窗外雨綿綿，

料峭寒天，

清宵夢破枕函邊。

世擬隔簾尋夢迹，

四望蕭然！

往事似雲烟，

抵死重牽，

渾如幻影轉燈前，

去去來來看又盡，

幾許華年？

虞 美 人

（甲申除夕）

閑情沒箇安排處，
更況簾纖雨。
寒窗滴碎幾多愁？
纔向眉頭翻了又心頭。

燈前坐待三更後，
此味人知否？
影兒相伴欲何言！
爭奈今宵無計駐流年。

鷓鴣天

（逆旅之夜）

急管繁絃歷亂聞，
諸般色相眼前紛。
樓頭纔是殘歌歇，
巷內偏傳夜柝頻。

醒也醉，
夢耶眞？
雞聲起處又清晨。
熙來攘往邯鄲道，
各自前程各自奔。

浪　淘　沙

風雨正飄搖，
暮暮朝朝，
蘿青 * 疑隔幾重綃。
堤外瀰漫翻淺浪，
漲了江潮。

心緒卷芭蕉，
客子魂銷！
越清閑處越無聊；
最是小樓擡望眼，
歸路迢迢。

* 沙灣最高山名青蘿帳。

高 陽 臺

（一九五四年戰後抒懷）

黃葉翻階，歸鴉繞樹，

夕陽斂盡殘紅。

寂寞欄杆，又經一度西風。

高樓遮斷來時路，

問心情，知與誰同？

悵流光，

來也無踪，去也無踪。

當前事事秋雲淡，

算危機過了，壯志成空。

尚苦沈吟，爲耽小技雕蟲。

此身差幸依然健，

便餘生不計窮通。

喜如今，

聽罷鳴蛙，更聽寒蛩。

浪　淘　沙

天際亂雲生，

雨箭斜橫，

朔風頻撼小窗鳴。

底事心潮千萬疊，

宛轉難平？

黃葉舞空庭，

搖落堪驚，

寧教大樹也飄零！

夜色漫漫羣吠起，

我欲關情。

乙酉歲暮，紅棉早放

春信偷傳歲欲闌，

寒枝先染幾分丹；

縱教瀝盡英雄血，

祇作冬園敗葉看。

竹 枝 詞

（一九五四歲暮於沙灣鄉）

（一）打白餅（該鄉特產）

米粉磨成細似灰，

糖膠混合入模胚，

白餅製來原吃力，

咬緊牙關狠命搥。

（二）煮煎堆（沙灣人多富裕，習俗相沿，於大寒前後舂糯米粉，歲暮時調粉爲丸，中實爆穀糖菓，油窩中炸之，外敷芝蔴，謂之「煎堆」。）

大寒一過歲時催，

舂粉聲傳似巨雷。

媳炒芝蔴婆爆穀，

趕忙年晚煮煎堆。

（三） 賣揮春 （沙中學生於寒假時結伴書春聯鬻
之市上，謂之「賣揮春」。）

青年學子走紛紛，
攷試完場自己身。
你度紅箋我磨墨，
大家同去賣揮春。

（四） 送財神 （該鄉竇人子歲暮時以小紅紙書「
財神」二字，沿街叫賣，謂之「送財神」。）

小巷通衢處處聞：
街頭天使送財神。
利他主義心良苦，
爲得人來自己貧！

歲暮贈行路人

歲聿已云暮，時光轉巨輪，
桃符盡換彩，臘鼓聲催頻。
偃仰在斗室，萬事來愴神，
問我何所思？所思行路人。
道路多豺虎，天邊凝雨雲；
四望廣漠漠，羣吠聲狺狺。
去去欲何之，孑然此一身？
不如早來歸，相敘共夕晨，
心房境雖局，亦足生奇溫，
尊中有濁酒，世道何足論！

賣 花 詞

(一)

日暮天寒，風欺翠袖，

賣花巷口人兒瘦。

燈兒亂晃，人兒亂抖，

晚來料峭春寒透。

粉膩脂香，紅燈綠酒，

高樓幾處笙歌奏。

花容艷麗，春光賤售，

聲聲呼喚人知否？

紅花也有，白花也有，

提籃夜夜街頭走。

叫嘶了聲，叫破了口，

春光恁賤難銷售。

（二）

朝也澆花，暮也澆花，

但願風雨莫吹打。

種出鮮花，賣出鮮花，

換得金錢好養家。

晴也賣花，雨也賣花，

辛辛苦苦都不怕。

父親栽花，女兒賣花，

茉莉玫瑰與山茶。

女兒賣花，姐兒愛花，

朵朵嬌艷像朝霞。

哥兒買花，姐兒戴花，

祇選花朵不論價。

春 雷 不 雨

十日春來九日晴，

新雷霹靂破空鳴；

漫天喜見雲霓佈，

點雨何曾澤眾生！

一　把　剪

（燕子）

流光似箭，

乍過了冰霜時節，

又是早春天，

看簷前，

飛着呢喃一雙燕，

紫衫兒帶着一把剪。

剪成了千萬朵春花，

剪平了千萬里春草，

更剪就了千萬縷鵝黃楊柳線。

剪罷剪，

端的剪不破那料峭春寒，

剪不碎那重疊春雲，

更剪不斷那無限春愁如亂繭。

貍奴戲絮

閑看貍奴戲，

輕狂最可憐；

不知春已暮，

檻外撲飛綿。

浪 淘 沙

節序似奔輪，
秋老浦濱。
有人樓上欲銷魂，
不爲新愁不爲惱，
不爲鱸蓴。

滿紙盡酸辛，
若箇知聞？
盼將熱淚化輕雲，
飄向南天翻作雨，
灑上孤墳。

讀廉建中惠毓明伉儷雙栖圖題咏集和韵

比翼雙栖獨羨君，

危巢猶得不輕分。

空飛我自憐孤雁，

翹首蒼茫看暮雲。

白 頭 翁

（題畫）

揀取高枝暫且留，
花陰深處儘優游；
向人但說春光好，
不道春歸已白頭。

蟬

（題畫）

獨引清商自在吟，
趨炎逐熱已無心。
潔飢不羨蟑螂飽，
抱得高枝愛午陰。

野　　蔬

（題畫）

年來已慣食無魚，
偶向寒畦摘野蔬；
嫩葉漫誇霜後綠，
比將面色又何如？

西 江 月

（滬江即景）

堤外瀲浦帆影，
林間黌宇疎鐘，
朝霞暮靄綠陰濃，
長合絃歌雅頌。

歷盡紅羊刦火，
依然化雨春風。
傳研學術貫西東，
茁茁奇葩萬種。

滬江舊雨

黃浦江頭柳色新，
朝雨浥輕塵，
平堤芳草細如茵，
今日欲銷魂。
送行人對遠行人，
無語淚沾巾。
音書千里寄殷勤，
天涯若比鄰。

黃浦江頭烟欲冥，
江水帶離聲。
驪歌一曲不堪聽，
往事如潮迸。
年來問道復傳經，
春風座上迎。
滬江舊雨最關情，
別後長溫省。

寒　流

寒流怒撼朔風鳴，

衰草殘枝恨有聲。

果道天心能愛物，

奈何搖落迫羣生？

新　禱　文

(譯 The New Invocation)

求上帝心靈中光華之精英，

洞澈人類之心靈，

願靈光普照人境。

求上帝心田中無邊之慈悲，

浸潤人類之心脾，

願基督重臨大地。

以神聖至尊之旨意，

作人類志向之歸依，

諸先聖早遵從而莫違。

願品類各殊之萬邦，

皆得沾慈悲與靈光，

並予眾惡之門以關防。

惟願靈光，

慈悲與神威，

重弘聖道於今世。

靜

蕩漾在銀波萬頃，　魚龍寂寞；

徘徊在崇山峻嶺，　景物蕭索；

漫步在素月空庭，　四望寥落；

獨自在午夜孤燈，　清夢驚覺。

這是擾攘的人境，

難逢的幽靜，

別嫌它冷清清，

別怕它凍冰冰。

看！　看不見面目猙獰！

聽！　聽不見聒耳淫聲！

嗅！　嗅不着觸鼻血腥；

摸！　摸不着迷眼妖形！

收拾起零亂的煩惱，　縮住閑情，

打開了緊閉的心竅，　迎接聖靈，

靠主耶穌的引導，

帶領你得到永生。

浪　淘　沙

（霧）

濃霧更陰霾，

撥也難開，

濕雲低擁入簾來。

盡日迷山還障海，

望失樓臺。

冷暖怎安排？

煞費疑猜。

東風細雨襲襟懷，

莫問故園春信息，

莫上重階。

一 剪 梅

（答客問）

若探行踪未有踪，
來似飄蓬，
去似飄蓬。
偶然逆旅得相逢，
離也匆匆，
聚也匆匆。

色相皮囊一例空，
生又何從？
死又何從？
猜疑端合問天公，
君想難通，
我想難通。

蝶 戀 花

（戀春曲）

（一）春日嬌慵春夢覺，
　　　輕煖輕寒又是春來了。
　　　百囀千聲鶯弄巧，
　　　清啼莫道無人曉。
　　　新柳籠烟絲嫋嫋，
　　　爲戀遊人故故將人繞。
　　　香正濃時花正好，
　　　惜春應趁春光早。

（二）春草如茵花事好，
　　　蝶蝶蜂蜂盡日花間繞。
　　　卻被春光沈醉了，
　　　痴迷不管旁人笑。
　　　花易凋殘春易老，
　　　休盼明年一樣春歸早。
　　　燕子來時人已杳，
　　　傷心徒對空梁悼。

懷　舊

彷彿是二八年華，

似這般輕暖輕寒時候，

幾樹桃花，幾株楊柳，

一對對的魚兒，在水面優游。

這幽靜的園林，

常現着一雙天眞的朋友。

祇今天呀！舊地重遊，

可不是一樣的魚兒，

一樣的紅桃綠柳？

舊時臺榭，依然在否？

可知道舊時遊客，

如今重到，瞎了雙眸？

休！休！

往日的碧水流波，可能再有？

一次次的低徊，

一陣陣的難受。

清 明 時 節

又是清明時節，

又是春滿林梢。

祇家園信息，

望斷今朝。

是否一般的綠漲池塘？

是否一樣的花開含笑？

往日的碧水青山，

可有人登高臨眺？

風也飄飄，

雨也瀟瀟，

歸心繚繞，

歸路迢遙，

把無限的客夢鄉愁，

迸作一番低徊吟嘯。

鼓

小鼓咚咚，大鼓隆隆，

聲音模樣，像個英雄。

蒙了別個的皮，

挨了別個的揍；

還自鳴得意，

咚隆咚隆。

看它木板撐持，銅釘拼攏，

描金點漆，畫綠髹紅；

便聲色俱厲，

伸起腰來挺起胸。

好個英雄！好個英雄！

一旦臉皮挖破，

薄板劈開，

肚裡原來得個空。

我

（五十自壽）

我問天公，倒不如捫心問我：

五十年來，這歲月怎生渡過？

年少才華輕一世，偏逢處處迎頭挫；

更況那，連年災難，

殘書卷，都遭秦火。

凌雲志，早消磨，

貧病債，交相禍。

祇落得，嶙峋瘦影，短髮蕭疏。

祇賺得，衷誠一片，愛人如我。

血汗千金隨手盡，強拋心力為人助，

從不肯，回頭恨錯；

也不管，自身結果。

我師古人，祇怕古人笑我！

我誤詩書？還是詩書誤我？

想一想呀，

呵！呵！呵！

浪 淘 沙

（寒夜）

山黑暮雲遮，

雨細風斜，

翻飛黃葉繞林椏。

欲問危巢何處寄？

聽盡啼鴉。

舉首自吁嗟，

憂恨交加！

此生空負好才華。

前路茫茫歸路遠，

寒夜天涯。

人 海 孤 鴻

茫茫人海，我們是人海的孤鴻，

失去了家庭的溫暖，

捱盡了人間的苦痛，

爹娘生我血肉之軀，

怎麼沒有爹娘愛疼？

莫憂愁，莫悲慟，

揩乾眼中淚，鼓起心頭勇，

有思想，好運用，

有肢體，好作工，

甘苦來相共，樂融融！

茫茫人海，渺渺孤鴻，

我們對生活奮鬥，

我們對生命歌頌，

必須堅忍毅力，刻苦用功。

發揚互助博愛，促進世界大同，

看未來的世界，誰是主人翁？

放 牛 歌

（擬山歌）

坡上青草綠油油，

河上清水流呀流，

東風不寒太陽暖，

這兒地方好放牛。

大牛貪懶樹下睡，

小牛愛玩坡上溜，

牛兒自在我心寬，

吹吹短笛練歌喉。

爬上高岡高聲唱，

一唱歌兒便忘憂。

村姑聽歌四面看，

尋聲不覺擡起頭，

姑娘你可高興聽？

我願爲你唱不休，

牧牛郎兒你喜歡？

老實說來莫害羞。

送　別

（擬東江民歌）

送郎送到東江邊，
下面江水上面天。
郎君要向天邊去，
淚如江水落漣漣。

送郎送到東江頭，
江水滾滾不停留。
郎隨江水匆匆去，
矇矓淚眼望郎舟。

郎舟遠去淚汪汪，
千點萬滴落東江，
滴到東江潮水漲，
郎舟越遠越心傷。

旅　　客

人生像是旅客，走着渺茫的路程，

沿途也有伴侶，並不感到孤零。

我們湊巧一同趕路，

天緣造就這段交情。

珍重難得的機會，

負起道義的使命，

抛卻個人的享樂，

創造寶貴的人生。

撥旺生命之火，挑起希望之燈，

從寂寞的角落，

挽回那被遺忘的生命。

把同情與諒解，

澆灌那枯竭的心靈。

親手拉住同路的人，

等待烟消霧散，

重見光明。

秋　夜

晴空氣爽，明月秋宵，

更看那淡淡的銀河，

襯托着星兒多少。

西風陣陣，吹過了芭蕉，

蕉葉響蕭蕭；

吹過了梧桐，

桐葉落飄飄。

花容消瘦，柳影苗條，

露冷欄杆，架上的鸚哥睡了，

苔荒石徑，階下的秋蟲在叫。

這般的秋光，

我正好撫琴吟嘯，

且聽歌聲琴韵，

把情懷傳向水遠山遙。

運 動 會

風和日暖，
空氣清新，
運動會開值良辰。
歌聲嘹亮，
旗幟繽紛，
隊伍整齊如列陣。
男女健兒，
精神飽滿，
心情興奮，
爭取錦標不後人。
表演要各展所長，
競賽要各盡本份，
這纔能觀摩技巧，
這纔是體育家精神。

春 光 好

春光好，
曉起愛新晴，
春日融和春日煖，
春花春草夢初醒，
林外試啼鶯。

啊！
春光明媚，
燕語鶯聲，
春回大地，
萬物更新。
人爲動物，
惟物之靈。
一年之計在於春，
一生事業趁年輕。

端 陽 競 渡

咚喰！ 咚喰！

節屆端陽。

咚喰！ 咚喰！

囉咚喰！

堤邊到處鑼鼓響，

龍舟隊隊， 旗幟飄揚，

健兒個個， 體魄強壯。

發號令， 齊划槳，

努力！ 努力！

齊努力！

咚喰！ 咚喰！

囉咚喰！

咚咚喰！ 囉咚喰！

奪得錦標喜欲狂！

聽　雨

下雨天，躲在家，

清清靜靜坐窗前，

聽着雨聲當玩耍。

合時雨，不停下，

一會兒小，

一會兒大。

小雨滴嗒滴滴嗒，

千點萬點屋上打，

好像斷線珍珠，

撒在琉璃瓦。

大雨嘩啦嘩啦啦，

長江大河從天塌，

好像怒潮澎湃，

捲起萬重沙。

一會兒雨停聲歇，

又引起青草池塘處處蛙。

登 高 山

登高山，

路難跑，

劈開荊棘撥開草，

一步步的爬，

一步步的高。

遠望山巔，

白雲皓皓，

是雲低？

還是山高？

待爬到山頭，

把白雲擁抱。

看誰沒有寒衣？

便送他一堆白雲，

冬天做件大棉襖。

好呀好！

冬天做件大棉襖。

浪淘沙

（植樹）

春雨又春晴，
節近清明，
如茵小草嫩芽生。
快趁春光猶未老，
着意經營。

今日盡青青，
他日林成。
樹人樹木一般情，
結實開花誰管得?
且待羣英。

迎 春 曲

風風雨雨，

醞釀春光幾許？

青青翠翠，

點染春光如醉。

更況那紫紫紅紅，

妝成艷麗的春容。

還有那燕燕鶯鶯，

唱出清脆的春聲。

大好青年，

迎接大好的春天。

及時工作，

及時行樂，

趁着春光未老；

及時工作，

及時行樂，

莫待白頭煩惱。

希　望

我也曾懷着希望，希望像一帶平沙，

堆成美妙的圖樣，

卻受不起灘上的浪潮冲打。

我也曾懷着希望，希望像月映輕紗，

照澈淡淡的清光，

卻經不起天外的浮雲變化。

我看過多天一片荒涼，

也看過春天百草千花，

挨盡酷雪嚴霜，依然抽出新芽。

生命是希望的現象，

希望是生命的光華。

缺乏生命的力量，希望像一帶平沙。

沒有生命的信仰，希望像月映輕紗。

高深的忍耐和涵養，

將開放希望的奇葩。

圍 爐 曲

暮天紅，烏雲擁，
北風緊啊雪意濃。
歸鴉在哀啼，
枯枝在搖動，
蕭索的寒夜，
師友一堂中，
圍爐坐，樂融融；
談今論古，
興趣無窮。
爐子煖，燃料豐；
茶香點美，
大家享用。
火燄熊熊，熱氣烘烘，
給人溫暖和亮光，
生命的象徵你可懂？

泛　舟

休假良辰功課閑，

約齊同伴到沙灘，

駕小船，

出海灣，

風和日煖好揚帆，

船行似箭水潺潺。

遠處雲，

近處山，

天空海闊任盤桓，

塵懷俗慮都忘了，

且盡浮生平日歡。

綠　滿　枝

山楂樹春來發芽綠滿枝，

有些個高來有些個低。

吵嘴的人眞會淘氣，

一說高一說低。

不如和我唱一支歌兒笑嘻嘻，

笑呀笑嘻嘻來，

笑呀笑嘻嘻，

不如和我唱一支歌兒笑嘻嘻。

一二三四五六七八九十；

十九八七六五四三二一；

一二三四五；

五四三二一。

神 仙 船

（一）我看見一條神仙船，
　　　在海上航行慢。
　　　因爲它裝了滿載，
　　　給我有吃有玩。
　　　房裡存滿都是餅乾，
　　　糖菓整艙像座山；
　　　白銀的絲綢作帆張，
　　　燦爛黃金作桅杆。

（二）一羣水手意氣昂昂，
　　　兩排站甲板上。
　　　原來都是白老鼠，
　　　有金環套肩膀。
　　　白毛鴨子當作船長，
　　　背心更有珠翠鑲；
　　　船員也像個船員樣，
　　　「呷呷」號叫把帆揚。

頌 聖 曲

諸天宣揚我主無限光榮，

全地充滿讚美歌聲。

四海萬民，

同頌奇妙神明。

衆星辰日月，

歸祂統領。

舉世萬千品類和衆生靈，

由祂全能之手造成。

無邊的慈愛，

無量的大權能，

宇宙之內，

千古運行。

偉哉!

大哉!

同頌主名。

野花

(一)

野花裝就淺深黃，
帶露迎陽發異光。
收集光芒作火炬，
夜行不怕道途長。

(二)

野花朵朵像金錢，
燦爛芬芳滿路邊。
若變眞金千萬顆，
農家歲歲慶豐年。

鬥 牛 英 雄

鬥牛英雄眞英勇，

鬥牛英雄眞英勇，

精神奕奕，

氣貫長虹，

吸引全場觀衆，

看人潮洶湧，

鬥牛英雄，

但願你逞雄風。

軍士進行曲

要敬愛我們的老祖宗，

要效法他們作大英雄，

刀在手，鼓着心頭勇，

爲祖國殺敵，爲民衆前鋒。

不惜犧牲，

打伙衝鋒陷陣，

拼個死活，

戰勝又要講仁愛和平。

大丈夫一定不臨陣逃跑，

像懦夫小子，

等伙打完了便誇功逞能。

要敬愛我們的老祖宗，

要效法他們作大英雄，

刀在手，鼓着心頭勇，

爲祖國殺敵，爲民衆前鋒。

獻　心

有誰人了解我煩惱；

我心中憂愁向誰告？

我的神呀，

唯有你垂聽我默禱。

失敗時你將我志氣提高；

我成功，

教我莫驕傲；

我迷惑，

要靠你的靈光引導。

願將我靈魂和身體，

獻主前，憑主美意改造。

復 活 信 息

大地酣眠不覺曉，

哈利路亞！ 哈利路亞！

花開處處聞啼鳥，

哈利路亞！ 哈利路亞！

耶穌復活在今朝，

哈利路亞！ 哈利路亞！

衆罪赦免，

與神和好，

釘身十架爲中保。

救主恩，

多奇妙！

大慈大愛縈懷抱。

哈利路亞！ 哈利路亞！

童子軍進行曲

童子軍，

像弟兄，

肩併肩啦啦啦挺起胸，

隊伍齊，

聲勢雄，

小旗飄啦啦啦廣場中，

軍號響啦啦啦鼓咚咚。

今天是嫩苗，

他日作樑棟，

我們的精神智仁勇，

爲社會服務，

爲國家盡忠，

這是我們的目標，

這是我們的光榮。

菩 薩 蠻

（黃昏院落）

黃昏院落芭蕉雨，

小窗靜掩人無語。

怕見燕歸飛，

故將簾幕垂。

小樓今夕夢，

欲遣輕雲送。

何處是鄉關？

千山和萬山。

慈 母 頌

世上的江海有多深？江海呀難量。

天上的繁星有多少？繁星呀難數。

江海與繁星，比不了偉大的慈母。

說不盡問暖呵寒，眠乾睡濕，

但願兒女成人，不怕千辛萬苦。

偉哉慈母！大哉慈母！

待得兒曹長大，各奔前途，

猶自滿懷熱望，倚着門閭。

成功的，她會歡欣鼓舞；

失敗的，她會溫柔慰撫。

慈母的心呀！

汪涵如大海，溫煖似熔爐，

能敎兒女奮發成材，

能敎浪子回頭醒悟，

偉大的慈母！

可敬的慈母！

浪　淘　沙

（飛渡神山）

低首看神山：

雲氣漫漫，

懸崖峭壁有無間。

起伏岡陵何所似？

幾個坭丸。

腳底斷虹彎，

斜倚雲端。

荒林漠漠水迴環，

蛇繞龍騰奔向海，

醞釀波瀾。

水 調 歌 頭

（賀炳章兄花甲大壽）

歲月似駒隙，欲算竟何從？

與君幾番離合，花甲又稱翁。

我尚栖遲未定，

猶向南溟遠去，

千里任飄蓬。

但得此身在，

豈必問窮通！

疇昔念，身世感，百縈胸。

天涯骨肉幾輩，異地一心同。

且喜於今嬴健，

應自開觴暢飲，

判卻醉顏紅！

翹首關山外，

把酒對遙空。

紅 梅 曲

久處南溟，渾忘節序如輪，

畫圖裏，一枝忽報先春。

料舊園窗外，

幾經摧折，

無限酸辛！

怪道鉛華卸了，

香腮點點，

不是胭脂，

應是啼痕。

祇如今，

夢殘故國，

銷盡香魂。

何日江南重到，

賞橫塘疎影，

暗月黃昏。

水 調 歌 頭

（碧海夜遊）

皓月出天際，風動晚潮生，
浪花翻起千疊，爭與遠山平。
我待乘槎一去，
好共魚龍遊戲，
空闊任縱橫。
仰首作長嘯，
胸臆豁然清。

思家國，懷舊雨，若爲情！
滄桑畢竟幾換？屈指寸心驚。
差幸此身頑健，
笑憶當年豪氣，
跨海欲屠鯨。
興發引高吭，
一曲和濤聲。

一　顆　星

一顆星，

亮晶晶，

眨着眼睛照小城，

天使們，

報佳音，

救主今晚就降生；

睡在馬槽包着布，

天眞可愛又安寧，

人人都向祂崇拜，

祂是人類的救星。

浪　淘　沙

（日月潭曉望）

曙色欲迷空，

淡紫輕紅，

層巒影落翠湖中，

疑似山僧同入定，

靜斂芳容。

窗隙透晨風，

睡意還濃；

牛山禪院卻鳴鐘，

且聽聲聲傳隔岸：

「醒罷，痴聾！」

西 江 月

（天祥道中）

曲徑飆輪相接，

巖邊燕子穿梭，

岡陵抱翠石嵯峨，

隱約遊人個個。

我愛山容嫵媚；

問山看我如何？

放懷仰首恣呵呵！

引動羣山笑我。

鳴 春 組 曲

（一）杜宇

綠水平堤，濕雲擁徑，

深宵雨，灑遍平蕪。

桃浪沉聲，梨花吮淚，

無人處，暗抑欷歔。

落寞情懷，悲涼況味，

憑杜宇，替人泣訴。

故國鄉關，魂銷夢斷，

怕聽它：

不如歸去！

不如歸去！

（二）黃鶯

欲煖還寒，纔晴又雨，

春來綠水人家，

正輕烟護柳，薄霧籠花。

柔枝亂，

透新鶯百囀，

似銀鈴清脆，

絃管嘔啞。

且莫問：

巧語關關，

說些什麼話？

但願它，

把痴人喚醒，

珍重春華。

野 草 閑 雲

你若是閑雲，野草便是我。

兩人身世，莫問如何，

讀過了聖賢詩書，

卻不懂聖賢怎作，

但教人「之、乎、者、也。」

「ㄅ、ㄆ、ㄇ、ㄈ。」

經多少風波，受多少折磨！

幾十年來，

你還是你，我還是我。

到如今，

名韁利鎖，全都打破，

但得淡飯粗茶，

不再挨餓，

有空時度個曲，唱支歌，

心無掛礙，

拍掌呵呵！

生 活 之 歌

大家同唱生活歌，
我們先唱你來和：
我們置身在世間，
芸芸眾生人與我。
萍水得相逢，機緣難錯過。
與人相處要謙恭，
作事認眞莫懶惰。
重禮義，知廉恥，
心坦白，氣平和。
患難共扶持，守望齊幫助。
謀福利，消災禍。
他人敬我我敬人，
我愛他人人愛我。
生活歌，同唱和，
大家歡樂笑呵呵！
大家歡樂笑呵呵！

負起十架歌

㈠「負起十架，」救主曾說：「倘你心願作我
門徒；克己自制，捨棄世俗，謙卑順從，隨
我腳步。」

㈡負起十架，你雖輭弱，莫讓重擔，令你憂
驚；主力助你，精神奮興，強你肢體，振作
你心！

㈢負起十架，莫嫌羞辱，愚昧驕矜，也該終
止；上主為你，痛苦不辭，髑髏山上，被釘
受死。

㈣負起十架，靠主力量，遭難不驚，臨危不
惶，主力指引，朝向大家，更賴主力，戰勝
死亡。

㈤負起十架，跟隨基督，不到最後，莫想放
下，祇有忍耐，堅負十架，光榮冠冕，纔能
給他。

樹仁學院校歌

南海之隅，

香島之濱，

地靈人傑，

東西文化共氤氳。

薈萃英賢，

創立樹仁，

傳道授業，

研求學問精於勤。

春風化雨，培育精神，

美玉須磨琢，

努力趁靑春。

不爲己，但爲群，

犧牲小我，達成博愛，

不負母校樹仁，

莫忘母校樹仁。

永生之神歌

㈠永生之神，我主基督。前進，前進，勝利路
程，今已開始。永恒根基奠定，蒙贖大軍，
浩浩蕩蕩，正隨我主前行。國度、權柄，全
屬於主，主愛統治萬民。

㈡至聖至潔，深印在心。前進，前進，前進，
與你同受十架痛苦，主旨因此得成。前路茫
茫，不論高低，崎嶇或是坦平，我們決心，
追隨上主，建設神聖之城。

㈢主，祢理想，深印在心。前進，前進，前
進，長驅直進，暴虐貪婪，永遠消滅無形。
不論何處，公私場所，大家衆善奉行，終使
人間，歡呼表現，和平友愛之情。

㈣主，祢眞是生命亮光，崇高主宰君王。且讓
我們頌主偉大，齊聲高歌歡唱。等待寰宇，
萬國萬民，主愛普遍發揚：基督，救主，兄
弟，朋友，向前邁進無疆。（阿們）

得勝君王歌

㈠請看救主，榮耀君王，克敵凱旋離戰場，駕
雲爲車，光彩輝煌，乘此直上升天堂！試聽
天使歡然歌唱，哈利路亞聲震響，永生門
戶，巍然開啓，歡迎勝世大君王。

㈡誰是君王，有此光榮，號角吹聲震碧空？萬
軍主帥，雄師名將，曾經百戰建奇功！曾在
十架，受盡苦辛，曾從墳墓再回生，曾消罪
惡，曾勝撒旦，因了死亡克敵人。

㈢主舉人性，乘雲升天，安然升到父右邊；我
眾乃能靠主能力，欣然從主同歸旋。基督掌
權，天使崇敬，人天共見大榮光；全能主
啊，因主升天，我亦因信進天堂。

㈣一切榮耀歸於聖父；一切榮耀歸於聖子，爲
我受死，復活，升天，宇宙全歸祂統治，一
切榮耀歸於聖靈；三位一體獨一神；天上地
下一切榮耀，榮耀永垂億萬春。（阿們）

送徐大光、周曉丹結婚*

恭賀你！恭賀你！

恭賀你，花燭慶佳期！

艷羨一對新人，

抱負凌雲壯志。

從今宜家宜室，一心一德，

　　　相愛相親，雙宿雙棲。

但願白頭偕老，

　　　鴻案齊眉。

綴拾幾句俚詞，

謹向新人道喜，

請鑒我一片眞誠，

　且莫笑：

「秀才人情半張紙。」

＊（徐大光是蘇甦的兒子，是空軍；周曉丹是女航空員）

秋 夜 聞 笛

似這般冷落秋宵，

獨箇兒靜悄悄，

啊！

是誰家玉笛，打斷無聊？

那不是「落梅花」，

更不是「折楊柳」，

也不知何歌何調。

但愛它，

曲兒精巧，聲音美妙。

不能弄管絃隨和，

不會寫詩篇吟嘯；

祇教人，

心飄意蕩，魄動魂銷。

吹罷吹，

快把我逝去的童心，

呼嚕呼嚕吹活了！

愛 物 天 心

（女高音獨唱，小提琴助奏）

（一）春 雨

正醞暖釀寒，東風料峭；

濕雲障野，濃霧連朝。

更半空絲影，一片瀟瀟，

千里迷濛，洒遍鮫綃。

波漾綠，土如膏。

無聲施潤澤，有意起枯焦。

柳線舒青花綻蕊，

枝頭吐翠草茁苗。

聽！ 鳥唱新鶯；

看！ 花開含笑。

數不盡蜂忙蝶舞

景象嬌嬈。

且喜愛物的天心，

把萬類生機恢復了！

（二）夏雲（鷓鴣天）

（男中音獨唱，單簧管助奏）

淡蕩和烟淡蕩風，

騰光山嶽映晴空。

浮嵐飛岫看無盡，

疊絮堆綿襯幾重。

初尙淺，

再而濃，

突然天外出奇峰。

覆陰載雨消炎暑，

萬物同沾造化功。

（三）秋　月

（女高音獨唱，長笛助奏）

桐落空堦，

蛩吟野砌，

露珠滴草淸姸。

薄薄秋雲，

點點疎星，

淡淡銀河一線。

玉輪如鏡，

清輝千里，

人間共賞晶圓。

如許光華，

憑誰管領？

舉頭欲問嬋娟。

（四）冬 雪

（男低音獨唱，大提琴助奏）

千林瘦，

百草凋，

烏雲擁，

北風號。

陰沉沉的天空雪花飄。

小的像柳絮，

大的像鵝毛；

飄向低來下廣場，

飄向高來上樹杪。

四望皆清白,

景緻眞美妙!

飄, 飄, 飄,

黃昏一直到明朝,

把骯髒的世界漂淨了!

（五）天何言哉

（四重唱，各助奏樂器爲伴）

向天翹首，一片青冥。

細看無形，細聽無聲;

無形則顯示大道,

無聲則孕育至情:

包容萬象，日月羣星;

以晝以夜，循環運行。

春夏秋多，時序分明;

以寒以暑，萬物長成。

雲露霜雪，風雨陰晴;

枯榮交替，調節虧盈。

天心原愛物，天德本好生,

絕無偏私最公平!

青年們的精神

前一浪，後一浪，

波濤澎湃，海潮初漲。

青年們的精神，像大海汪洋。

一浪又一浪，充滿幻想；

澎湃呀澎湃，顯示力量。

忠信不欺人，潮退復潮漲；

把握着時機，快迎頭趕上。

心胸寬大，志氣高昂，

探求學問，潛心修養；

今朝勤砥礪，他年作棟樑，

青年們的精神，正待發揚。

偈

朗誦：㈠身似菩提樹，心如明鏡臺，
　　　　時時勤拂拭，莫使惹塵埃。
　　　㈡菩提本無樹，明鏡亦非臺，
　　　　本來無一物，何處惹塵埃？

唱：待把菩提樹枝椏，縛一把帚，
　　且將世上塵埃，清除淨掃。
　　願那座高臺明鏡，靈光照耀，
　　且將世上塵埃，灰滅烟消。
　　菩提、明鏡、塵埃，頓成大覺，
　　那時節，我要唱：
　　菩提與明鏡，非樹亦非臺，
　　既然無一物，豈更惹塵埃！

大　空　歌

上超天外，

下越地中，

前後相合，

左合相逢，

旣具靈性，

不滯影踪。

於道無所不悟，

於理無所不通，

於事無所不達，

於物無所不容。

襟懷若此，

是爲大空。

小小耶穌歌

（一）

小小耶穌睡着了，不要吵；我們拿件小棉襖；
我們輕輕把你搖搖，我們輕輕把你搖搖，頓頓
溫煖小棉襖，緊緊把你包得好。

（二）

馬利亞的小寶寶，安睡了；舒服安靜微微笑；
我們輕輕把你搖搖，盡心盡力來照料，可親可
愛小寶寶。

（阿們）

聖母悲哀歌

（一）　聖母傷心，苦守十架，徹夜不眠，
　　　　淒然淚下，救主臨終身高懸；慈母
　　　　歡心，慘被剝削，低頭哀痛，心內
　　　　焦灼。胸懷似有利劍攢。

（二）　無限憂愁，無限痛苦，無限悲哀，
　　　　傷哉慈母。獨生愛子難分捨，擡頭
　　　　仰望，光榮聖子，眼見被釘所生聖
　　　　體，痛哉高懸十字架。

（三）　眼見聖母，哀傷流淚，淒苦情懷，
　　　　今人心碎，人皆有母寧不悲！想念
　　　　聖母，無限低徊，含悲忍辱，獨嘗
　　　　苦杯，誰不同情共雪涕。

（四）　聖母親見，救主蒙難，代替萬民，
　　　　身受傷殘，被人鞭打至死亡。親眼
　　　　看見，被人背棄，代人受罪，毫無
　　　　慰藉，忍氣吞聲痛斷腸。

（五）　救主耶穌，萬愛正宗，求將聖母，
　　　　深摯精忠，　導我愛主盡熱忱，　教
　　　　我得到新鮮熱情，教我愛心更加潔
　　　　淨，令我得主悅納心。

鼓盆歌

（聯篇歌曲）

（一）鷓鴣天（遺照）

撒手無言去不還，

空留一我在人間。

哀愁喜樂憑誰說？

冷煖飢寒祇自憐。

思宛轉，

淚闌干，

幾回看罷又重看。

曾知畫裡無尋處，

猶欲含酸覓舊歡。

（二）紀夢

一樣的深沉院宇，一樣的寂寞粧臺，

一樣的她，依稀猶在；

一樣的我，

祇如今新添了一段悲哀。

一樣的含愁無語，一樣的熱淚盈腮，

一樣的相看哽咽，一樣的欲訴情懷，

一樣的怨恨人天永隔，

一樣的痛惜舊歡難再，

怎須臾一夢，醒得恁快！

一樣的深沉院宇，一樣的寂寞粧臺。

一樣的她，如今安在？

一樣的我，

空賦着魂兮歸來！

魂兮歸來！

（三）虞美人（週年祭）

槐花吐蕊青枝小，

渾覺經年了。

黃泉碧落兩茫茫，

空待清明過後望重陽。

天堂似否人間苦？

有恨憑誰訴？

亂雲斜雨又黃昏，

且向荒山一問未招魂。

笑 哈 哈

笑哈哈，哈哈笑。

笑的玩意兒眞奇妙。

笑的道理太深奧。

每天笑幾場，健康長可保。

發脾氣，心兒蹦蹦的跳；

動肝火，胸口烘烘的燒。

悲傷煩悶敎人瘦，

愁眉苦臉令人老。

不如拋下了憂愁，放寬了懷抱；

嘻嘻哈哈笑個飽，

輕輕鬆鬆活到老。

你想這樣好不好？

你說好笑不好笑？

笑！ 笑！ 笑！

張開嘴巴大家笑！

繼 往 開 來

前人創造的重任，
今朝放在我雙肩。
我們跟着前輩之後，
也走在後輩之前。
腳跟站穩，
意志貞堅。
不怕潮流的冲激，
能耐時間的磨鍊；
順應時代的變化，
隨同歲月而發展。
定要苦幹、力幹、硬幹，
達成至眞、至美、至善！

晚　晴

盡日陰沉，

又喜見濃霾散了，

雨也不下。

向晚晴空，

又祇見幾朵浮雲，

幾片流霞，

一重重的暗渡明飛，

一線線的紅牽紫掛。

天外夕陽斜，

林外數歸鴉，

昂頭的平原幽草，

頷首的野地山花，

啊！

這是誰妝點出這黃昏圖畫？

浪 淘 沙

（加稅）（打油詞—粵語）

加稅又加捐，

眞係該鑽，

屋租差餉盡齊全，

柴米油鹽剛漲定，

又攪渦漩！

雙眼泛紅圈，

幾咁心酸，

何時何日得捱完？

急景凋年還撲水，

撲到頭穿！

美麗的草原

呀！草原，草原，美又廣，嫩野草在生長，嫩
野草在生長；

呀！草原，草原，美又廣，嫩野草在生長，青
又長。

嗨！流罷，噢！小山澗，清涼的小山澗，一彎
過再一彎，楓樹下水潺湲；流罷，噢！小山
澗，清涼的小山澗，一彎過又一彎，繞我迴
環。

我看見兩位好姑娘，都像很悲傷；我看見兩位
好姑娘，都像很悲傷很徬徨。

磨 坊 少 女

(一)

樹林旁邊有座磨坊，微風吹來風車搖響，

聽聽磨聲軋軋不停，微風口哨相和齊鳴，

呀呀呀，嬌小可愛磨坊少女，

噓噓噓，有你相伴我心歡愉，

噓噓噓，在你小小磨坊裏，

噓噓噓，我們快樂眞無比，

呀呀呀！

(二)

前面小路有位少年，用手輕敲磨坊窗前，

磨坊少女爲他開門，少年舉步向她飛奔。

呀呀呀，嬌小可愛磨坊少女，

噓噓噓，有你相伴我心歡愉，

噓噓噓，在你小小磨坊裏，

噓噓噓，我們快樂眞無比，

呀呀呀！

加拍你卡

（拍手歌）

來到墨西哥，在路上走過，人人都唱歌，加拍你卡，歌兒很動聽，你也跟着哼，六絃琴聲韵輕，加拍你卡。夜裡星光亮晶晶，夏季晚風清，你會再聞巧妙歌聲，歌兒容易唱，又唱又拍掌，加拍你卡，唱罷唱！好呀！唱加拍你卡，好呀！好呀！唱加拍你卡，好呀！好呀！唱加拍你卡，好呀！好呀！唱加拍你卡，好呀！好呀！唱！唱！青春容易逝，一去就不再回歸！唱！你今天還能唱呀！全世界都歡暢，唱！唱！唱加拍你卡，老年人跟着快趕上，想忘憂要歌唱，要唱着加拍你卡，唱罷，好呀！

近主懷中歌

（一）

有一地方，清靜安寧，靠近上帝懷中，在這地方，罪惡難侵，靠近上帝懷中。

副歌：

耶穌，慈悲的救主，來自上帝懷中。我們在懇切期待，靠近上帝懷中。

（二）

有一地方，能得安慰，靠近上帝懷中，在這地方，與主相會，靠近上帝懷中。

（三）

有一地方，完全解放，靠近上帝懷中，在這地方，平安舒暢，靠近上帝懷中。

（阿們）

謝主扶持歌

（一）　雖受困擾，意亂心煩，生涯寂寞孤
　　　　單。宇宙萬物，人類之間，似乎漠
　　　　不相關。但來就主，仁慈無限，待
　　　　我恩重如山。

（二）　雖逢考驗，艱難重重，橫逆四面進
　　　　攻，孤掌難鳴，無路可通，眼前水
　　　　盡山窮。但求救主解我苦痛，教我
　　　　百鍊成功。

（三）　雖有頓弱，疾病相侵，精神意志消
　　　　沈，纏綿牀笫，痛楚呻吟，情懷悲
　　　　苦難堪。懇求救主，賜我庇蔭，復
　　　　我強健身心。

（四）　我頌救主，坦白虔誠，用我純潔心
　　　　聲：偉哉救主，無所不能，也是萬
　　　　有萬靈。至高至大，至眞至聖，至
　　　　尊永在神明。

基督教兒童合唱團團歌

我們是主的小羊，

我們愛主，要爲主歌唱：

主賜我們衣裳，

主賜我們食糧，

主賜我們樓房，

主賜我們車輛，

主保我們健康，

主助我們生長，

我們愛主的福惠無量；

我們蒙主的恩典浩蕩。

我們愛主，要爲主發光；

更須把主道宣揚！

角聲合唱團團歌

吹響眞純號角，

唱出懇摯歌聲，

號召志同道合的人，

共輸赤誠；

推動移風易俗之道，

責任匪輕。

但願一同努力，

　　各盡所能。

要把愚頑驚惕

　　痴聾喚醒。

待得兆民康樂

　　世界昇平。

再吹起歡欣號角，

　　唱出快樂歌聲。

中華基督教青年會
兒童合唱團團歌

兒童愛主基督，

基督也愛兒童。

主賜我們恩典，

比海還深，

比山還重。

主給我們信心，

我們該對主尊崇。

主給我們生命，

我們該對主呈奉。

主給我們美好的歌喉，

我們對主的大德、大愛、大能，

高聲歌頌！

減字木蘭花

（贈香港書道協會展覽）

琳瑯四壁，

古勁渾雄飄且逸。

創變臨摹，

筆勢縱橫氣自殊。

依仁游藝，

文化復興同奮勵；

繼絕存亡，

國粹於今共發揚。

蝶 戀 花

酷暑將殘秋意又，
颯颯西風着臉催人皺。
佳節今宵齊仰首；
無端陣雨吹來驟。

突破雲層光漸透，
借問荒山也照孤魂否？
但得伊人情似舊，
敢煩月姊傳音候。

讀鼓盆歌第一闋

終日無人到，
分陰歲復年；
閑情何所寄？
低唱鷓鴣天。

一九七六年丙辰十一月二十六日，獨居無聊，情懷落寞，
展讀「鼓盆歌」集題亡婦遺照，調寄鷓鴣天（林聲翕作聯
篇歌曲），低吟淺唱，悲不自勝，遂成一絕。

你我莫相忘

（粵語歌唱）

好時光，聚一堂，

新舊朋友，

遠近街坊，

親親愛愛相見面，

開開心心玩一場，

散會各歸去，

你我莫相忘！

得閒你隨時來探我，

有事我立刻去幫忙，

再見啦，老朋友！

再見啦，好街坊！

請緊記：

你我莫相忘！

你我莫相忘！

半夜敲門也不驚

(粵語歌唱)

行得正，企得正，

做事應該向正途，

求謀何必走捷徑？

使黑錢，心寒手冰冰；

收黑錢，唇白面青青。

兩個良心都不正，

一生一世不安寧。

不如行得正，企得正，

身家保清白，心地又光明。

平生不做貪污事，

半夜敲門也不驚。

爲旅人禱歌

（一）

懇求聖父，聖子，聖靈，三位一體，垂聽禱
告：至愛至親，試踏征程，海陸航空，奔馳遠
道。虔誠求主，沿途帶領，一路蒙恩，平安達
到。

（二）

懇請聖父，聖子，聖靈，三位一體，垂聽禱
告：至愛至親，異地居停，行動起居，求主引
導。學問事業，馬到功成，一切蒙恩，憑主鑄
造。（阿們）

題楊柳岸邊照

看不盡的嫩綠嫣紅，

聽不完的鶯呢燕語，

故國的園林，

又春濃如許。

簇簇的鮮花，

阻不了行人欲攀

絲絲的新柳，

縮不得行人暫住。

問異域的東風，

可曾飄送故國飛絮？

他鄉的景色，

可曾鈎起遊人詩句？

民 族 軍 人

大丈夫，頂天立地，

好男兒，志願從軍，

鍛鍊堅強體魄，

養成尚武精神，

明恥教戰，

取義成仁，

大忠大勇，

爲國爲民，

奉聖哲先烈爲模範，

作中華民族的軍人！

恭 賀 新 禧

桃符新換，

爆竹聲喧，

時光的巨輪，

又把年華一轉。

嚴霜酷雪消融，

瞬眼春風吹暖。

趁生機蓬勃，

精神飽滿，

一年之計在於春，

正好重頭打算。

恭祝你新年快樂！

恭祝你身體強健！

恭祝你事業發展，

今年勝過去年，

恭賀新禧。

一　團　和　氣

我們同唱和氣歌，

你們唱，我們和；大家和氣心好過，

我敬你來你敬我。

和爲貴！和，和，和。

來，來，我們同唱和氣歌，

你們唱，我們和，大家和氣心好過，

我敬你來你敬我。

和爲貴！和，和，和。

個人不和分你我，家庭不和是非多。

民族不和惹爭端，國家不和起戰禍。

和爲貴！和，和，和。

我們同唱和氣歌，

你們唱，我們和；

越唱越起勁，越唱越快活！

你也笑呵呵，我也笑呵呵！

大家同聲唱，唱到人人笑呵呵。

佳節頌組曲

（聯篇歌曲）

（一）清明 （混聲四部合唱）

桃花盛放，柳線舒青；

綿綿細雨，時下時晴。

園中紅紅紫紫，

林間燕燕鶯鶯。

氣轉陽春，節屆清明，

正好是東風解凍，

春衣初試一身輕。

趁佳節，去踏青，

紀念前人功德，

省視祖先墳塋，

「愼終追遠」，

古有明訓，

遵行孝道盡人情。

（二）端陽（混聲四部合唱）

龍舟競賽忙，

咚嗆！咚嗆！

咚嗆得兒噠咚嗆！

堤邊處處鑼鼓響，

佳節慶端陽。

榴花照眼，

火傘高張，

龍舟旂幟，

彩色飄揚。

健兒隊隊體魄強，

同努力，齊划槳，

奪錦標，莫退讓，

體育精神要表彰！

咚嗆咚嗆噠咚嗆！

（三）中秋（女聲三部合唱）

碧空雲淨，

清夜露寒，

但見星斗稀疎，

月華如練，

更聽處處管絃，

玉樓半天。

喜祇喜今宵，

月團圓，人也團圓。

桂子飄香滿庭院，

美酒佳肴同歡宴，

老少敍一堂，

佳節共聯歡。

今年宴罷又明年，

天倫之樂樂無邊。

（四）新春 （混聲四部合唱）

寒冬將盡，

梅花忽報先春。

桃符換彩，

今朝歲序更新。

正滿堂吉慶，

瑞靄盈門。

家家戶戶，

老少歡欣！

祝老人身體健壯，

龍馬精神；

願青年奮發自強，

向前猛進。

同心創立新事業，

合力造福為人群。

勸 酒 歌

（萬事不如杯在手）

有牛肉燒雞，

雜荣沙律，

還有干邑舊酒。

趁心情愉快，

一時興到，

約同幾個老友。

大家開懷暢飲，

何必思前想後！

不管天多高，地多厚

得歡娛，且歡娛；

有享受，就享受。

一生歲月有幾何？

萬事不如杯在手。

來！ 大家乾一杯！

同聲讚一句：

「好酒呀好酒！」

題星洲黃任芳女史

（沈炳光夫人）詞稿

字斟句酌表心聲，

佳作連篇顯至誠；

但願譜成新曲調，

愚頑聽罷動深情！

一九八八年十一月二日

鷓 鴣 天

濃霧陰霾天宇低，

清明時節尙遲遲，

登山難覓彎彎徑；

舉步須防滑滑泥。

雲慘澹，

樹淒迷。

俯首沈吟有所思：

黃槐枝上抽芽未？

今夜魂歸說我知。

一九七八年，戊午，復活節，約侄輩同往港島哥連臣角火
葬場，先室玉鷥遺灰小谷中，視察新植黃槐，然因修築山
徑，無法攀登，廢然而返，感賦此闋。

我愛名店街

（一）名店街，名店街，

　　　名譽好，聲望高，

　　　名店街商戶足自豪，

　　　貨品一流，價錢公道。

　　　顧客是嘉賓，店員有禮貌，

　　　名店街以此爲號召，

　　　名店街商戶足自豪，

　　　名店街，名店街，Minden Plaza.

（二）名店街，名店街，Minden Plaza.

　　　有瀑布，有噴泉，

　　　名店街店鋪似公園，

　　　燈光熠熠，流水涓涓，

　　　成人百貨店，兒童娛樂圈，

　　　中西飲食葷素俱全，

　　　名店街店鋪似公園，

　　　名店街，名店街，Minden Plaza.

美 國 傻 瓜

爸爸帶我到軍營，古丁長官一同行，營中遇到
很多大兵，身材好像玉米餅。

我們又見整千人，他們潤綽像鄉紳，每天花費
不知多少，我想應該好積存。

還有將軍華盛頓，騎着駿馬夠精神，號令嚴明
指揮如意，我想至少百萬軍。

看他帽子羽毛花，樣子眞是頂呱呱，我想費心
把它拿來，送給我的耶美瑪。

合　唱：

美國傻瓜繼續幹，美國傻瓜好看，注意音樂腳
步齊，對待女郎莫怠慢。

謎 語 歌

我給愛人送顆櫻桃沒有核；我給愛人送隻雞子沒有骨；我對愛人說個不完的故事；我給愛人帶來不哭的嬰兒。

為什麼一顆櫻桃沒有核？為什麼一隻雞子會沒有骨？為什麼一個故事會說不完？為什麼一個嬰兒不哭叫？

櫻桃樹開花時候沒有核；雞子在蛋殼裏就沒有骨；我倆的愛情故事說不完；嬰兒在睡眠時候不哭叫。

美麗的小馬

好寶貝，不要哭，快些睡吧。小小孩子，一覺
醒來有餅吃，也給你騎漂亮小馬兒。我的寶貝
不要再哭，快些睡吧，小小孩子。

再給你，獨木舟，連同短槳歸你所有；再給
你一頭赤騾，騾背還有小鞍給你坐。我的寶貝
不要再哭，快些睡吧，小小孩子。

黑棕紅灰馬兒，全都拿來奉送給你。我的乖乖
不要哭，安安靜靜快快的安睡，我的寶貝不要
哭，快些睡吧，小小孩子。

巴巴拉·亞倫

在我家鄉紅市鎭，有位美麗的佳人，個個兒郎
爲她銷魂，她名叫巴巴拉·亞倫。

迷人的五月好時光，百花也含苞待放，可愛威
廉來自西方，求巴巴拉好事成雙。

轉眼又到六月時光，處處也開遍羣芳，可愛威
廉在死神牀上，爲巴巴拉·亞倫單相思。

貓頭鷹之歌

苦苦鳴，我害怕，苦苦鳴，我害怕，我害怕。
苦苦鳴，我害怕，我害怕。

貓頭鷹，我害怕，我害怕，貓頭鷹，我害怕，
我害怕，貓頭鷹，我害怕。

派克郡可愛的碧西

你可記得派克郡可愛碧西？她同愛人艾克爬過了高峯，帶來了一頭豬和四隻公牛，一頭大黃狗和上海大雄雞。

副歌：呼地噹夫嗲地都，呼地噹夫嗲地。

他們不久到沙漠，碧西累了，她倒臥在沙上滾來又滾去；艾克凝望着她流淚又唏噓，「碧西起來莫讓沙子眼裏跑。」（唱副歌）

上海雄雞逃跑牛公又死光，最後一片鹹肉今早也吃了；艾克沒了勇氣碧西也煩燥，老黃狗搖着尾巴顯得沮喪。（唱副歌）

高大艾克可愛碧西到舞會，艾克穿着派克郡的
長褲管，碧西戴了戒指梳粧又打扮，艾克說「
妳像天使卻沒有翼。」（唱副歌）

鑛工問碧西「可否和我跳舞？」「老兄你若不
太任性就可以，我可以告訴你是什麼道理，天
殺的我混身氣味像泥土。」（唱副歌）

高大艾克可愛碧西結了婚，可是艾克爲了吃醋
要分手；碧西也同意，還要大聲怒吼，「再見
吧，蠢豬，請你快快的滾！」（唱副歌）

薩克拉門多

我們組織隊伍整齊，遠道長征希望之鄉，薩克
拉門多河兩岸，堆積豐富黃金遍地皆是。

副歌：好， 伙計上加 利福尼阿， 人家 告訴
我：那兒黃金多，堆積在薩克拉門多河。

我們漂過大海汪洋，忘不了老友在家鄉，朋友
情誼留在那邊，我們的心永遠在懷念。
旅途艱苦早知難免，有時夜裏露天睡眠，冰凍
濕地也睡得甜，除非夜深野狼嘈吵哀號。
冒險走到遙遠河岸，裝在荷包金沙耀眼，人聲
雜着金沙作響，裝滿荷包秤來有好幾磅。
那邊到處都是黃金，用鐵枝棒挖地深深，大堆
金的使用鏟鋤， 掘得金塊像磚頭一般大。 （唱
副歌二次）

吹 吧 吹

美國的船順河流而下，吹吧吹，美國的船順河
流而下，吹吧，好友，吹吧。

你怎麼知道是美國船？吹吧吹，它有銀白帆桁
和桅杆，吹吧，好友，吹吧。

這條美國船駛往中國，吹吧吹，好呀我們到船
上工作，吹吧，好友，吹吧。

怎知道它往中國開船？吹吧吹，星條旗在船後
面飄揚，吹吧，好友，吹吧。

你想什麼人會當船主？吹吧吹，舊金山掘金的
鄧占姆，吹吧，好友，吹吧。

你想他們大餐吃什麼？吹吧吹，這是略爲稀薄
的水湯，吹吧，好友，吹吧。

你想他們晚餐吃什麼？吹吧吹，那是皮革和蟲
蛀餺餺，吹吧，好友，吹吧。

啊吹吧讓我們一齊吹，吹吧吹，啊吹來更美好
的天氣，吹吧，朋友，吹吧。

啊今天明天繼續的吹，吹吧吹，煩惱憂愁都吹
得遠離，吹吧，朋友，吹吧。

沈 南 多

啊！ 沈南多， 很想聽見你。去吧！ 滔滔的江
水。啊！ 沈南多， 很想聽見你。橫渡過米蘇
里，橫渡過米蘇里。

啊！ 沈南多， 很愛你女兒。去吧！ 滔滔的江
水。祇爲她， 流到那水之湄。去了， 走到天
涯，橫渡過米蘇里。

別了！ 故鄉， 我要離開你。去吧！ 滔滔的江
水。沈南多， 我不會欺騙你。去了， 走到天
涯，橫渡過米蘇里。

我曾在鐵路上做工

我曾在鐵路上做工，從早做到晚。我曾在鐵路上做工，祇爲消磨了時間。你可聽到汽笛在鳴，每天打大清早起來？你可聽到領班叫喊，「啊！餐車，吹號角！」餐車，你吹吧，餐車，你吹吧，餐車，請你吹號角，餐車，你吹吧，餐車，你吹吧。啊！餐車，請你吹號角！

凱西・瓊斯

酒客們請來，倘若你要聽，一位火車司機的故事：凱西・瓊斯是他的名字，在大機車上得到了好名氣。

合唱：凱西・瓊斯推動節氣瓣，凱西是個勇敢機械人員。來吧，凱西，把汽笛聲揚，敎人們都聽到這音響。四點半呼喚者叫醒凱西，在車站門前吻別愛妻，手執號令登上車位，這是最後一程到希望之鄉。

當他駛上 密西西比山坳，他讓汽 笛發出了尖叫；管閘伕聽到汽笛聲，知道是凱西・瓊斯放出長鳴。（合唱）

他看看水鍋，鍋水也未滿；他看看錶，錶也是太慢；他回頭對火伕說道：「老友，要到孟斐斯我們死了。」（合唱）

請你加足水，也請你加煤，看著窗外主輪往前滾；我要駛它飛離鐵道，因南路郵件遲到了八小時。」（合唱）

當他離目的地不滿六哩，四號車朝他迎面飛馳。他喊火伕：「阿占，你趕快跳吧！兩列火車快要在這裏相撞。」（合唱）

凱西臨死之前曾經說道：「還有兩條鐵路我要跑。」火伕問他：「那兩條鐵路？」「那是聖太非以及北太平洋。」（合唱）

頭痛和心痛一切的痛苦，永遠留在火車不離去。偉大崇高勇敢故事，就是這位鐵路工人的生平。（合唱）

古舊的基森姆牧場

我腳穿踏鐙我手在牛角上，我生來就是一個好牧童。

合唱：唱着奇依葉皮葉 皮依葉皮喲， 唱着奇依葉皮葉皮曳。

我啓程日子 是十月廿三日， 所領牛 隻都有2—U烙印。

每天清早沒亮我就起來，睡覺時月亮已燦爛皎潔。

騎着十元的馬四十元的鞍子，我到德薩斯替人趕畜牲。

老笨寶是個很好的大老闆，騎着病馬去看他的女伴。

一隻牛離了羣老闆說殺牠，我拿起鐵鍋向後臀猛打。

我到老闆那兒去領取工錢，他要我付清九元的
掛欠。

拋繩，拴扎，烙印，一天做到晚，工作很辛勞
工錢卻有限。

我去找老闆並且和他講話，用我的舊帽向他臉
上打。

我腳穿踏鐙我手在牛角上，我生來就是一個好
牧童。

我要越快越好討個新娘，不再替別人看管牛
場。

我留在後面的女郎

我在七九年開始出門，牛羣散開在大地；
我慢步向前心卻向後，爲了我留下的女郎。
那甜蜜的女郎眞摯的女郎，爲我留下的女郎。
我慢步向前心卻向後，爲了我留下的女郎。

牧 場 之 家

噢，在放牛場上給我一個家，這裡麋鹿同羚羊玩耍，這裡很少人會說句喪氣話，天空並不是整天陰霾。

家，牧場之家，這裡麋鹿同羚羊玩耍，這裏很少人會說句喪氣話，天空並不是整天陰霾。

約翰・亨利

約翰・亨利能夠用鐵鎚，歌會唱口哨也能吹，
清早起 來他就跑 向那塊山地， 祇聽他打響鐵
鎚，主、主。祇聽他打響鐵鎚。

當約翰・亨利還是嬰兒，坐在他父親的雙膝，
他手抓着一個鐵鎚一片鐵皮，說：「鐵鎚把我
害死，主、主。」說：「鐵鎚把我害死。」

約翰・亨利家需要錢銀，他說：「身邊沒有半
文，等待太陽下山之後時近黃昏，我去問礦場
主人，主、主。我去問礦場主人。」

約翰見了工頭又怎樣？工頭問他有何特長。「
我會開起重機，鐵軌也能安裝；鏟泥工作也能
擔當，主、主。鏟泥工作也能擔當。」

那工頭告訴約翰・亨利：「我將選用鑽地機
器。買來鑽地機器便能用它鑽地，把鋼軌插進
地裡，主、主，把鋼軌插進地裡。」

約翰對工頭直陳：「一個人祇是一個人，倘若
我與機器 競賽之前敗陣， 我手執鐵鎚喪身，
主、主。我手執鐵鎚喪身。」

約翰・亨利揮鎚鑿山地，鐵鎚落處火花四起。
他拼命揮鎚把自己心臟毀，他放下鐵鎚便死，
主、主。他放下鐵鎚便死。

他們把他屍體送墳場， 挖個墓坑把他埋葬，
每列火車經過時都大聲呼嚷：「這兒有鐵路工
人，」主、主。「這兒有鐵路工人。」

拿 這 個 鎚

拿這個鎚，獲克！ 把它拿去給工頭。

拿這個鎚，獲克！ 把它拿去給工頭。獲克！

拿這個鎚，獲克！ 把它拿去給工頭。

告訴他我要走了，獲克！ 說我走了。獲克！

棉子象鼻蟲之歌

當我初次看見象鼻蟲，牠正飛集在廣場；當我
再次見到象鼻蟲，牠全家搬到廣場。牠們找尋
一個家，祇找尋一個家。

農夫現在捉住象鼻蟲，把牠埋在熱沙裏。象鼻
蟲有話對農夫訴：「熱沙我能受得起。」這兒
就是我的家。這兒就是我的家。

農夫再次捉到象鼻蟲，把牠藏在堅冰裏。象鼻
蟲有話對農夫訴：「冰塊清涼又可喜。」這兒
將是我的家。這兒是我的家。

象鼻蟲有話對農夫訴：「請你不要再理我，我
把你的棉花全部蛀，如今又蛀玉米棵。」這兒
將是我的家。這兒是我的家。

賤價的煤

一八七六年老闆的詭計，初時很有功效，直到
上帝**插**手料理，那功效消失了。

他們剝削老實礦工，搶奪我們工資，驅使我們
飢寒交迫，掘出賤價的煤。

公　　司

你住的是公司房子，在公司的學校念書，你得
爲公司而做工，這是照公司的規矩。

我們喝的是公司水，用的是公司電燈，公司宣
傳人告我：公司所想全是對的。

我們一定得勝

我們一定得勝，我們一定得勝，終於我們一定
得勝。

啊！啊！深深在我的心中，我很相信，終於我
們一定得勝。

邁克爾划船到岸

邁克爾划船到岸，哈利路亞！

邁克爾划船到岸，哈利路亞！

迦伯烈吹起號角，哈利路亞！

迦伯烈吹起號角，哈利路亞！

約旦河又深又寬，哈利路亞！

耶穌站在河對岸，哈利路亞！

上主果園自己種，哈利路亞！

長成果子供食用，哈利路亞！

幾千人都去

我再不要一斗粟，不要，不要，我再不要一斗粟，幾千人都去。

我再不要人鞭趕，不要，不要，我再不要人鞭趕，幾千人都去。

我再不要一斤鹽，不要，不要，我再不要一斤鹽，幾千人都去。

我再不聽女主叫，不要，不要，我再不聽女主叫，幾千人都去。

有很多地方

副歌:

有很多地方，很多地方，很多地方在天父國度
裏，很多地方，很多地方，你選個位置坐下。
（唱二次）

我不會作個罪人，我會把理由告你：因爲若主
呼召我，我還沒有準備死亡。（唱副歌）

我不會重蹈覆轍，我會把理由告你：因爲若主
呼召我，我還沒有準備死亡。（唱副歌）

當聖哲們在行進

當聖哲們，當聖哲們，啊！當聖哲們在行進，
我希望作其中一名，當聖哲們在行進。

當那嶄新，當那嶄新，正當那嶄新世界現形，
我希望作其中一名，當嶄新世界現形。

當那太陽，當那太陽，正當那太陽不放光明，
我希望作其中一名，當太陽不放光明。

肅靜，有人在呼喚我

肅靜，肅靜，有人正在呼喚我。肅靜，有人正
在呼喚我，啊肅靜。肅靜，肅靜，肅靜，肅
靜，這聲音好像出於上主。

肅靜，肅靜，有人正在呼喚我。肅靜，有人正
在呼喚，肅靜，有人在呼喚我，這聲音好像出
於上主。

罪人，有人正在呼喚你。罪人，有人在呼喚
你。罪人，有人正呼喚你，這聲音好像出於上
主。

聽吧！你們這些偽君子，有人正在呼喚偽君
子，有人在呼喚你，這聲音好像出於上主。肅
靜，肅靜，有人正在呼喚。聽！有人正在呼喚
人。肅靜，有人正在呼喚，這聲音好像出於上
主。

啊！你這說謊者，有人正在呼喚說謊者，有人
正在呼喚你。說謊者，有人正在呼喚，這聲音
好像出於上主。

啊！盜賊們，有人正在呼喚你。盜賊們，有人
正在呼喚你。盜賊們，有人正在呼喚，這聲音
好像出於上主。

肅靜，有人正在呼喚。聽！有人正在呼喚，肅
靜，有人正在呼喚，這聲音好像出於上主。

賭徒們，有人正在呼喚，賭徒們，有人正在呼
喚。啊！賭徒們，有人正在呼喚，這聲音好像
出於上主。

啊！肅靜，肅靜，有人正在呼喚。聽！有人正
在呼喚人，肅靜，有人正在呼喚，這聲音好像
出於上主。

肅靜，有人正在呼喚。聽，有人正在呼喚呀！
肅靜，肅靜，有人正在呼喚，這聲音好像出於
上主。

黑色是我眞愛人的頭髮

　　黑色是我眞愛人的頭髮，

　　她的嘴唇像玫瑰花，

　　面貌是最漂亮，雙手最白淨。

　　我也愛她站的地方，

　　黑，黑，黑色是我眞愛人的頭髮。

在大烟山頂上

在大烟山頂上，被白雪鋪滿，我失了眞愛人，
因求婚太慢。

求愛眞是歡愉，分手是悲傷，假情假義愛人，
比盜賊還糟。

盜賊祇會搶掠，扱去了財物，假情假義愛人，
趕你進墳墓。

墳墓令你腐爛，把你變灰塵，千中無一女郎，
男兒可相信。

她會擁抱吻你，滿嘴是謊言，多過鐵路枕木，
多過星在天。

深居幽谷中

深居幽谷中，幽谷這樣深，舉頭向上望，但聞谷裏風。

但聞谷裏風，舉頭向上望，但聞谷裏風。你若不愛我，愛他情所鍾。雙臂環抱我，讓我心輕鬆。給我一封信，祇需兩三行，回答我所問：「肯共我成雙？」

為我建堡壘，牆高有四丈，當他經過時，好見他模樣。（再唱「當他……模樣」兩次）

玫瑰愛陽光，紫蘭愛露珠。天使在天堂，也知我愛汝。

深居幽谷中，幽谷這樣深，舉頭向上望，但聞谷裏風。

跳 向 阿 劉

貓兒掉在奶裡，跳向阿劉， （重覆唱兩次） 跳
向阿劉，親愛的。

丟了我的伴侶，我怎麼辦？ （重覆唱兩次） 跳
向阿劉，親愛的。

我會再找一個比你更美， （重覆唱兩次） 跳向
阿劉，親愛的。

她一定比較你更老實， （重覆唱兩次） 跳向阿
劉，親愛的。

神 賜 勇 氣

（兒童歌劇）

露 營

天晴氣朗，處處陽光；

個個精神飽滿，體魄強壯。

今天去露營，全體心情爽。

編隊伍，備行囊；

有人搬營帳，有人買食糧。

人手衆，氣力強，

工作起來不退讓，

大家意志正高昂。

紮營地，近山岡，

下有溪流上草場；

青天像個大營幕，

草地好作大眠床。

同享樂，同歌唱，

歡天喜地樂一場！

欣賞自然

山青青，水潺潺，

行來不覺到林間；

近處是溪流，

遠處見羣山，

林中幽徑彎又彎。

這是仙境，

不是塵寰。

花簇簇，草芊芊，

繽紛五色映林間；

衆鳥相爭鳴，

群蝶舞翩翩，

飛鳴喧跳好清閒。

這是仙境，

不是塵寰。

夜　月

晚風輕，

天轉晴，

幾片浮雲，

幾點疎星；

一輪皓月映空明，

照透叢林，

暗移花影。

夜漸深，

人已靜，

萬籟俱寂，

鴉雀無聲；

祇聽得幾處蟲鳴。

啊！ 幽靜的夜色，

顯出世界和平！

安眠曲

驟雨已晴，雷聲也止，

夜幕低垂，晚涼如水。

看一輪明月，

襯點點疎星，

似琉璃碎碎，

更片片浮雲，

似纞羊隊隊。

啊！草地柔軟似搖床，

正好供人臥睡。

你奔走了一天，

當然勞累。

野花在你床邊安眠，

鳴蟲的歌聲多清脆：

「安靜地睡吧！睡——睡——睡！」

歸 來 了

雲霧散盡，東方破曉，

轉眼又是陽光普照。

聽！喜鵲兒報佳音，

瞧！麻雀兒在蹦跳。

喜祇喜的是今朝，

迷途的羔羊，

平平安安歸來了。

一夜憂愁，頃刻全消。

野餐吃過肚子飽，

手挽手來同歡笑。

鼓起興趣，放開懷抱，

我唱歌，你舞蹈，

大家一齊湊熱鬧，

皆大歡喜心情好！

金 縷 曲

（七十四初度抒懷）

七十童齡耳，到今朝。

三年纔滿，四年開始。

世路遙遙行未倦，

漫步於今至此。

且莫問：前程能幾？

半世周旋貧病債；

近年來，更嚼孤零味。

吾命運，豈如是？

平生酷愛雕蟲技，

苦沉吟，尋詩覓句，把閒情寄。

往事那堪回首看，

由他消沉自萎。

但樂得，人隨心喜。

願把斯文傳後學，

便餘生，萬樣皆閒事。

名與利，早休矣！

書贈王文山

蒼茫天地，品類衆多，

其中有一個你，也有一個我。

感情投契，咱們兩個：

論年齡，我是老弟，

你是大哥；

論興趣，你也寫詩，

我也作歌；

論功夫，我不如你，

你勝過我；

論手段，我太吝嗇，

你真夠闊！

你送我一畝月亮地皮，

價值幾何？

我只回敬你半張宣紙，

所費不多。

會心相對，我笑嘻嘻，

你笑呵呵！

西 江 月

三十五年佳偶，

羨君如水諧和。

迢遙萬里隔山河，

謹綴俚詞恭賀。

但得情天不老，

由它雙鬢成皤，

兩人合唱愛情歌，

日日卿卿我我。

一九八〇年夏，賀鮑知方、丁琪优儷結婚三十五週年。鮑
氏時客美國。

思義夫合唱團團歌

思義夫合唱團，

好青年作團員，

一心一德，發揚樂教，

正聲正氣，喚醒愚頑。

樂者德之華，

德者性之端，

德性興衰，樂教攸關，

推廣樂教，刻不容緩。

衆團員，勤鍛鍊，

多研討，不畏難，

守時刻，不偷懶，

近處着力，遠處着眼，

但願此志有成，

樂教前途無限。

思義夫合唱團創立十週年紀念

四 海 同 心

華僑愛護祖國，

歷來一片忠誠；

五洲四海，刻苦經營。

凡我炎黃子孫，

同具鄉土溫情，

水源木本，大義深明。

當年擁戴　國父，

踴躍參加革命；

如今合力建設，

文化必須復興。

同心同德，各盡所能，

貢獻精忠力量，

促進祖國強盛；

負起中興責任，

爭取民族光榮。

戒　毒　歌

青春男女，少年兒童，

入世不久，經歷未豐，

誤聽毒販誘惑，偶信損友慫恿，

好奇貪玩學「追龍」，迷幻大蔴亂服用。

初試似提神，週身覺輕鬆。

日子久，癮加重。

癮起不吸食，涕淚如泉湧，

腳浮浮，頭重重，

昏昏欲睡，雙眼矇矓。

男兒七尺軀，到此中何用？

女兒正青春，頃刻損花容。

一生幸福，如今斷送。

毒品之害害無窮！

莫傷心，莫悲痛，

發誓戒毒品，一語千金重！

從今再發奮，將來必成功。

前途無限量，但願君珍重！　　　（宜用粵語演唱）

重青樹

（清唱劇）

（一）乾枯橡樹

合唱： 似火驕陽，大地苦旱；

　　　田土龜裂，水井枯乾。

朗誦： 年輕的苗圃主人，

　　　他的名字叫郭蘭。

　　　駕車經過古老的鄉間，

　　　但見往日的綠樹青山，

　　　如今祇落得荒涼一片。

　　　一位老婦人，提着水桶，

　　　沿着半涸的溪邊，

　　　在崎嶇的路上蹣跚、蹣跚。

　　　郭蘭動了惻隱之心，

　　　扶她登車，送她返零落的家園。

　　　老婦人下車，提着水桶。

　　　依然是步履艱難；

走到乾枯的橡樹下，

把那桶「楊枝甘露」小心澆灌。

她這慈祥的行動，

吸引着好奇的郭蘭。

（二）老婦心聲

郭蘭（朗誦）： 你爲這棵老樹提一桶水，

在一里多的路上奔跑，

唱： 是否太過辛勞？

況且，我看你的年紀已很！

老婦（朗誦）： 過了這個夏天，

我就滿八十歲了。

這棵樹和我是幾十年深交。

政府不許用自來水澆花木，

唱： 要是牠枯了，

我眞不知如何是好！

郭蘭（唱）： 有了幾十年的深交，

難怪你對牠這樣好！

可是，要你這樣奔波，

未免太多煩擾！

老婦（唱）：牠是我忘年相知，

　　　　　　如今是僅存的瑰寶。

　　　　　　當年我與小朋友們，

　　　　　　常在樹下嬉遊歡笑。

　　　　　　當我青春年少，受了委屈，

　　　　　　或者感到無聊；

　　　　　　我便爬到樹梢，

　　　　　　讓綠葉把我撫慰，

　　　　　　讓枝椏把我擁抱。

　　　　　　待我到了成年，

　　　　　　牠曾庇護我倆的愛果情苗；

　　　　　　在牠的綠蔭底下，

　　　　　　我倆訂盟「白頭偕老」。

　　　　　　到如今，

　　　　　　夫婿先我而去，

　　　　　　良朋踪跡已杳。

　　　　　　每次回想當年，

　　　　　　真教我腸斷魂銷！

　　　　　　惟有此樹，依然伴我，

　　　　　　慰我寂寥。

　　　　　　幾十年來，

牠給我太多，

我實在爲牠做的太少！

（三）愛在人間

朗誦:　老婦人的說話，

句句吐露心聲。

郭蘭聽罷，深表同情。

決心幫助老婦人，

挽救老樹的生命。

立刻派人來施肥灌漑，

教他們着意經營。

工友們也熱心合作，

大家表現衷誠。

老橡樹受到這般愛護，

很快當可再生。

剛巧這天晚上，

忽然雲捲雷鳴；

接連幾場豪雨，

　　　　　晝夜下個不停。

　合唱：天公造美，撫慰生靈。

　　　　　甘霖乍降，草木重青。

　　　　　老橡樹曾受過培養，

　　　　　新枝嫩葉更快長成。

　　　　　且看溪流渺渺，

　　　　　更聽鳥語聲聲；

　　　　　大地充滿生機，

　　　　　人間一片歡騰。

（四）尾　聲

　合唱：天心愛物，天德好生；

　　　　　人蒙天恩厚愛，

　　　　　感應發自心靈。

　　　　　愛人愛物，天賦本性；

　　　　　互助互愛，各盡所能；

　　　　　互忍互讓，舉世無爭；

　　　　　表揚天心天德，

　　　　　同造世界和平。

香港中華廠商會職業先修學校校歌

廠商聯會，創辦我校，

集合英才，青春年少。

三載時光，朝夕薰陶，

功課勤學習，

技藝要爭高，

個別工作要求精，

群體生活要和好。

待同學，須友愛，

對師長，聽教導。

今天把身心鍛鍊，

將來爲社會創造。

爲我學校爭光榮，

爲我學校而自豪。

（二）

竹 的 故 事

（清唱劇）

（一）種竹（合唱）

主人性愛竹，

園中手自栽。

保養照料煞費心，

施肥澆水不鬆懈，

除害蟲，拔草艾。

但願它迅速生長，

但願它日後成材。

新竹也有情，

不久便壯大，

長得葉茂枝繁，

報答主人恩愛。

（二）砍　竹

合唱：流光冉冉，歲月匆匆，

一株秀竹，聳立園中。

主人的勞苦栽培，

到今朝成材中用。

主唱：可愛的竹樹啊，

喜祇喜你身材壯大，

枝葉青葱。

我沒白花心血，

枉費栽培苦功。

幸得你如今長大成材，

可供作有益於人應用。

竹唱：我從小蒙主栽培，

主待我恩如山重。

感恩圖報，

我應為主効忠。

主有差遣，

我當唯命是從。

主唱：我眞高興，

你願為我効忠；

但我須把你砍下，

纔能供我使用。

竹唱：主啊！

你看我身材高大，

超群出衆。

我懇求你：

切莫將我砍下！

我懇求你：

通融，通融！

主唱：我若不將你砍下，

就不能供我使用。

不完遂我種你的初衷，

我便白廢了苦功。

竹唱：爲報答主的深恩，

我甘願受斬伐之痛；

我更願追隨我主，

助主的旨意成功。

合唱：主人就拿着利斧，

向竹幹的腳跟揮動；

竹樹應聲倒下，

忍着那摧肝裂腑之痛！

（三）剪 葉

合唱： 過了一天，

主人拿着利剪，

走到竹樹旁邊，

撫摸那尖尖的葉片。

主唱： 可愛的竹樹啊，

爲着要好好的用你，

我將剪除你的葉片。

我問你甘願不甘願？

竹唱： 主啊！

這敎我太過爲難！

我如今倒在路邊，

祇合遭人蹂踐。

留下這點青翠的美麗，

最好不要傷殘。

主唱： 葉子不剪除就不中用，

我也不能完成心願。

栽培你的辛勞，

豈不枉然！

合唱： 為要報答主的恩典，

　　　 為着主的旨意成全，

　　　 竹樹惟有忍淚應允，

　　　 俯首無言。

　　　 主人便動手剪，　剪，　剪成了光禿一

　　　 片。

（四）削　枝

合唱： 再過一天，

　　　 主人拿着利刀，

　　　 走到竹樹面前，

　　　 低聲慢道：

主唱： 可愛的竹樹啊，

　　　 我須把你的枝兒削掉。

　　　 為了配合用途，

　　　 當然這是必要。

竹唱： 主啊！葉子被剪光，

　　　 再把枝兒削掉！

　　　 我還像什麼竹樹啊？

　　　 簡直是光棍一條！

主唱: 不削去你的枝兒,

　　　你就不中用了。

　　　我費盡了苦心,

　　　卻達不到我的目標。

合唱: 正在進退兩難,

　　　竹樹不知如何是好。

　　　想到主的深恩厚愛,

　　　惟有捨己効勞。

　　　主人聽得竹樹順從,

　　　立刻揮起利刀,

　　　把所有枝兒削下,

　　　竹樹變成了光棍一條。

（五）通節，活水長流

合唱: 第四天的早上,

　　　主人走到竹竿身旁,

　　　手中帶了工具,

　　　似乎有話要講:

主唱: 可愛的竹樹啊,

　　　今天我和你作最後商量;

　　　　　　爲了適合我使用，

　　　　　　我想把節子鑿去，

　　　　　　挖通你的內腔。

竹唱：　主啊！我的根已砍斷，

　　　　　　我的葉已剪光，

　　　　　　我的枝也削盡，

　　　　　　怎麼今天又要挖去我的肝腸！

　　　　　　園中栽着很多花木，

　　　　　　任他們安然無恙；

　　　　　　卻教我三番四次受災殃！

主唱：　園中花木雖多，

　　　　　　祇有你是可愛的對象。

　　　　　　所以選你作個有用之材，

　　　　　　幫助我達成願望。

　　　　　　我須把節子打通纔能應用，

　　　　　　否則祇好把你丟在路旁。

　　　　　　那就把以前三番砍削，

　　　　　　枉敎你忍受創傷。

　　　　　　可愛的竹樹啊，

　　　　　　你要仔細的想一想。

合唱：　竹樹與主人一再商量，

主人也實在無法可想。

竹樹深感主人的恩愛，

甘心讓主人如願以償。

主人便將竹節挖通，

變成了粗大的管狀；

把一端接合水源，

另一端裝在田上，

教那塊土地常得灌溉，

變成了多結果子的好地方。

（六）尾　聲

信徒門，你曾蒙過主的深恩，

也曾受過主的培養，

等到你長大成材，

像竹樹一般堅壯。

有一天，

主要你為祂犧牲，

成全祂的希望，

你願不願作主的管子，

教靈泉活水，源遠流長？

屯門兒童合唱團團歌

屯門兒童最天眞，

少年朋友共相親，

一團和氣齊歡唱，

歌頌美麗的屯門。

青山灣畔，風景宜人，

民情純厚，重義睦鄰，

社區建設，與日俱新。

迎頭趕上，時代精神。

屯門兒童最愛群，

兄弟姊妹共相親，

一團和氣齊歡唱，

歌頌可愛的屯門。

菩　薩　蠻

（題劉明儀女士新作「梅花引」續篇）

翻詞譯句閒功課，

發言不拾前人唾。

演示* 更知音，

洞明作者心。

熱忱傳國粹，

突破尋常例。

格調最清新，

偏宜年少人。

＊「演示」——以散文闡釋古人詞章，不用「箋」、「註」。

祝榮星！賀榮星！

齊唱： 祝榮星！賀榮星！

訓練功高歌藝成。

多年來悠長歷史，

千百里海外知名。

二部合唱： 團員個個年紀小，

前途遠大又光明。

不斷努力，精益求精。

移風易俗，責任非輕。

爲國家推行樂教，

爲民族爭取光榮。

三部合唱： 祝榮星！賀榮星！

訓練功高歌藝成。

多年來悠長歷史，

千百里海外知名。

賀黃晚成女士授琴四十週年紀念

天生一副好心腸，

傳授琴歌美譽揚；

卅載辛勞成大器，

芬芳桃李遍南洋。

角聲合唱團演唱抗戰歌曲抒感

當年抗戰顯忠貞，
句句歌聲盡熱情。
再聽如今猶激動；
卻嫌髀肉已重生。

牧歌三疊之放馬山歌

放馬山歌

㈠正月放馬正月正，
　　趕起馬來登路程。
　　大馬趕在山頭上，
　　小馬趕來隨後跟。

㈡春來放馬百草生，
　　到處山坡一片青。
　　馬有野草肥又壯，
　　草憑雨露快長成。

㈢長年放馬山上跑，
　　大馬小馬知多少？
　　但願身心都強健，
　　如龍如馬長年好。

寶血會伍季明紀念小學校歌

主流寶血，衆罪赦免；

蒙賜洪恩，浩蕩無邊。

寶血會，創我校，

更顯主恩典。

愛我校，在荃灣，

設備力求全。

正宜絃歌雅頌，

栽培愛主少年。

愛主少年，意志誠虔，

師長同學相禮讓，

求知問道共爭先，

勤鍛鍊，苦鑽研，

愛主愛校，鐵石心堅，

奉主耶穌作模範，

爲主聖道廣宣傳。

二十歲新青年

（明儀合唱團成立二十週年誌慶）

二十歲來新青年，精神體魄正健全，
童稚時期剛過去，成人美景在眼前。
敦品行，莫遷延，
胸懷應曠達，意志要貞堅，
作事須盡忠，助人必誠虔，
問道求知宜忍耐，專心致力苦鑽研。
他朝品學有成就，投身社會勤貢獻，
待人接物知禮讓，謙虛效法古聖賢，
愛人如愛己，任勞兼任怨，
成功切莫自矜誇，創業並非求頌讚。
俯首自問安本心，舉頭也不愧蒼天。
心情坦蕩新青年，磊落光明好青年！
二十歲新青年！
二十歲新青年！

少 年 恩 物

(聯篇歌曲)

（一）玩具世界

來！ 來！ 來！

快！ 快！ 快！

少年朋友快快來，

同逛玩具新世界！

有聲有色，多姿多彩，

搜古羅今，千奇百怪。

興趣可增加，

心情真愉快！

來！ 來！ 來！

快！ 快！ 快！

少年朋友快快來，

同逛玩具新世界！

（二）任君欣賞

走進陳列場，

眼界頓開朗：

前面疑似小人國，

佈滿各種人形象；

飛禽走獸，表現馴良，

體態溫柔，令人歡暢。

右邊是小型機，

飛機輪船和車輛：

小小玩意，像模像樣，

各種形式，大家誇獎。

電子玩意在左邊，

顯示人類新思想：

色彩華麗，樂韻鏗鏘，

精細各件，任君欣賞。

（三）啓發智能

玩具世界，

眞眞是少年人的世界：

各種玩具，

不祇爲我們消暇安排：

人類偶像，動物形態，

啓發我們心中慈愛。

大小車輛，各式機械，

都爲我們大開眼界。

電子玩具，各種器材，

引導我們創造將來。

好一個玩具新世界！

好一個玩具新世界！

菩 薩 蠻

（香港情懷）

香江風景時常好，
經年久住舒懷抱。
環海碧波平，
群山籠翠青。

胸襟無掛慮，
生活添奇趣。
山水兩情長，
他鄉成故鄉。

太 平 山 下

（粤曲）

太平山下眞太平，

萬民康樂百業興。

中外人士同居處，

互相敬愛不紛爭。

同謀發展，

各盡忠誠，

分擔艱苦，

共享繁榮。

人口超過五百萬，

各顯魄力與才能，

不斷求精也求進，

太平山下眞太平。

可愛的香港

可愛的香港，可愛的香港，

這優美的環境，是任何人的家鄉。

安居樂業喜洋洋。

論天時：冬暖夏涼，春溫冬爽；

有滋潤的雨露，有和煦的陽光，

給大家年年物阜，教我們歲歲民康。

談地利：背山面海，形勢雄壯，

北控廣東出口的珠江，

南臨南海連貫太平洋。

海陸空、交通暢，運輸事業，盡符理想。

講人和：中外居民，互相敬仰，

通力合作，各展所長，工商業，競發揚，

古今文化共交流，東西藝術齊欣賞，

造成文化經濟的中心，

建立繁榮鞏固的香港。

可愛的香港。我愛香港。

插花展覽會

東風送暖，大地回春，

百花齊放，笑臉迎人。

千紅萬紫，色彩繽紛；

更有那芳香陣陣，

隨風飄送振精神！

人類對鮮花，

從來愛親近；

人與人之間，

卻有多爭論。

何不學鮮花，

笑臉對他人？！

你我往來要和氣，

大家相敬如嘉賓，

人類從此無仇恨，

世界和平永共存！

詩篇一百篇釋義

世界萬邦，

民衆當向耶和華歡呼，

當樂意事奉耶和華，

也當齊來向祂歌唱。

大家該曉得耶和華是上帝；

我們是祂所手創；

我們是祂的人民，

也就是祂的羔羊。

我們更當感恩，

讓我們能走進祂的門牆。

我們應當感謝祂，

把祂的名高聲頌揚，

因爲耶和華，

本來就是至善與純良！

祂的慈愛存到永遠，

祂的信實直透萬方。

寶島溫情

臺灣寶島，不是虛名；

處處山青水秀，

家家生活安寧。

花香鳥語，山號陽明；

波平如鏡，湖號「澄清」。

最寶貴是人心敦厚，

最難得是長顯熱誠！

八旬老叟，

孤苦伶仃；

重臨斯土，

備受歡迎；

前環後繞，

年長年輕；

個個呵寒問暖，

句句吐露心聲。

私懷頓放，

快慰莫名；

身心舒暢，

病態全清。

膏、丹、丸、散，

難解胸中鬱結；

參、茸、補品，

難比寶島溫情。

寶島溫情，既能消憂；

寶島溫情，又能治病。

寶島溫情，

多少財寶買不到，

任何科技造不成。

偉哉大哉！

寶島溫情！

鹿車鈴兒響叮噹

（兒童歌劇）

人物: 鹿兒哥、妹；天使；鳥兒（分甲乙兩組，人數自由決定）；雁來紅（以舞蹈爲主，人數自由決定）；白兔（人數自由決定）；聖誕老人。

合唱: 開場及結尾，用三部合唱。助唱皆用二部合唱。

佈景: 松林、滿地積雪，色彩祇是綠白，直至雁來紅登場舞蹈，然後在各松幹上掛上綠葉紅花的標誌。

（一）松林賞雪

（合唱歌聲） 昨夜雪紛紛，寒氣逼人！北風頻撲送清晨。擡頭遠望松林外，大地如銀。

鹿妹: 哥哥，您早！您看雪景好不好？林間少行人，樹上無飛鳥；我們該到松林散

步，莫負這明朗的今朝。

鹿哥： 小妹妹，好精神，性格活潑又天眞。及
時行樂，美景良辰；穿夠衣服保體溫，
兄妹挽手兩相親。雪地鬆且滑，走動要
留神。

鹿妹： 放眼遠處看， 山坡在面前； 哥哥願不
願，陪我跑幾圈？

　　（妹妹說了就跑，哥哥來不及拉着她，只好
　　跟在後面跑。）

(二)小妹傷足

鹿妹（跌倒）：

　　哎喲喲！好哥哥！快快來，救救我！

鹿哥（跑前；扶起鹿妹）：

　　怎麼了？小妹妹！是否摔破了皮？是否
　　撞痛了腿？

鹿妹： 我的腳跟很痛！我站不起來！我不小心
亂跑，求哥哥不要見怪！

鹿哥： 傷在你的身，痛在我的心。小妹妹，你
靜靜地在這兒休息，待我去把天使姐姐

訪尋。她定能把你治好，帶我們走出松
林。

（三）天使勸導

（天使上場）

鹿哥：　天使姐姐，您好！妹妹在雪地上奔跑，
　　　　一不留神便滑倒；也許摔壞了腳跟，剛
　　　　才痛到哇哇叫。

（天使蹲下，爲鹿妹檢驗；用手一按，妹妹痛得大聲
哭叫。）

天使：　好妹妹，別叫喊，你的腳跟沒損壞；稍
　　　　爲休息痛就減，輕輕跌倒沒危險。

（天使爲鹿妹按摩，一會兒，止痛了；再坐一回，就
站起試步。）

天使：　年紀小小，手腳靈敏，蹦蹦跳跳；性情
　　　　活潑，說說笑笑；身心很快樂，生活眞
　　　　美妙！可惜你們未明瞭，整天玩耍耗精
　　　　神，不懂做人的正道。爲自己作的太
　　　　多，爲他人作的太少。

鹿哥
鹿妹：　我們正年少，智識並不高；自己生活要

靠人，大事怎麼幹得了？

天使：　（主題歌）讓我們，多留意：

不必空想做大事，只要盡力做小事。既
輕鬆，又容易；近人情，又合理。自
己作了心平安，別人看見多歡喜。誠心
爲衆人服務，幫助好人作好事。秉忠
誠，存敬意；待人接物應和氣。這是處
世的正路途，也是做人的大道理。但願
大家都明白，天天做去莫遲疑。

(四)共傳喜訊

（鹿妹的腳不痛了，站起來與鹿哥隨天使準備走出松
林。）

（一羣鳥兒吱吱叫着飛來，這些鳥兒，不限爲何種
鳥，只要是冬天的鳥。）

天使：　歡迎！歡迎！列位美麗的小飛鳥！你們
有翅膀能高飛，你們的聲音很美妙！爲
甚麼不唱支歌兒，代替了吱吱吱地叫？
唱歌可以喚醒怕冷的朋友們，使他們振
作起來，不要老躲在窩裡長睡覺！你們

　　　　告訴我，怎樣做才好？

鳥兒
甲組：我們看見螞蟻 在多眠， 就用輕 快的歌聲，把它們喚醒：生活須認真，工作要起勁；但得物資充實，身心自會安寧。

鳥兒
乙組：我們看見蜜 蜂懶洋洋， 告訴它 們花將放； 趕快探花把蜜釀， 爲人爲己共分嘗。

鳥兒
全體：看見花枝零落樣，鼓勵它們莫頹喪；快把花朵齊開放，造成燦爛好春光。看見毛蟲很悲哀，勸告它們放開懷；不久變成彩蝴蝶，自由飛去又飛來。

（一羣雁來紅飄來，隨着天使的歌聲舞蹈。）

天使：雁來紅，雁來紅，在這冰冷的嚴多，難得你們在林中飄動，佈置起鮮紅嫩綠，教人間生趣豐隆。

（雁來紅舞蹈時，輪替把手持的雁來紅，分別掛到松幹上。）

（一羣白兔跑來，按着天使的歌聲舞蹈。）

天使：小白兔，真可愛，生得美，跑得快；快把先知的喜訊，處處傳開。寒多到了。春光不遠，地面冰雪融解，人間溫暖重來。

（五）兄妹助人

（聖誕老人在雪地上，吃力地推着一車禮物包上場。）

聖誕老人：　冬至寒天，風雪連綿；且喜今朝雪霽，大地一望無邊。只惜溜溜雪地，車子難向前！

鹿哥、鹿妹：　老公公，老公公，是不是你的車子太沉重？獨個兒，雙手盡力推不動？我們兄妹眞願意，和你合作又分工。我們在前拉，您在後推送；雪地平又滑，行車更輕鬆。

（鹿哥、鹿妹在前拉，老人在後推，車子啓行。）

聖誕老人：　好，好，好！感謝兩位小英雄，仗義幫忙白頭翁。祝你們聖誕快樂，新年運氣更亨通！

（第三場的「主題歌」再唱，天使領唱，衆人和唱。）

接唱：「恭祝聖誕，敬賀新年。」

香港兒童合唱團團歌

香港兒童，

香港兒童，

香港兒童合唱團，

團員是香港兒童，

我們爲本團盡力，

我們爲本團效忠。

對前輩敬重，

對師長尊崇，

對同學友愛，

對朋友謙恭，

學問功課須勤奮，

音樂技巧求精通，

共謀樂教能普遍，

但願我團聲譽隆！

（副歌）

香港兒童，

香港兒童，

年少青春聚一堂，

天眞爛漫齊歌頌。

兄弟姊妹，

手足情濃，

志趣一貫，

意氣和融。

大家爲樂敎努力，

朝夕爲學習用功。

歌聲遠播，

文化溝通，

我團名揚四海，

促進世界大同。

青青合唱團團歌

青青合唱團，

青青合唱團，

我們是本團的肢體，

我們是本團的靈魂；

待本團如待自己，

愛本團如愛本身。

爲樂教努力，

和團友相親；

宣揚中華藝術，

表現民族精神，

吸收兩洋文化，

團結各族人民；

交換智識，

捨舊求新，

齊心結成美果，

盡量貢獻人羣。

長風合唱團團歌

「願乘長風，破萬里浪！」＊
可羨古人氣勢豪壯，
志趣高昂。
我團也願借重長風，
齊聲歌唱，
把樂運推廣，
助樂教發揚。
同心挽救世風日下，
道德淪亡。
你也唱，我也唱，
專心盡力齊聲唱，
藉長風播放，
把樂運推廣，
助樂教發揚。

＊ 晉書宗愨傳：「叔父問所志，愨曰：『願乘長風，破萬里浪。』」言志趣之遠大也。

廉潔家庭印象深

廉潔家庭，欣欣聚首；

心內永無憂。

男女老幼，意氣相投。

彼此情誼厚，

志同道合，共策共謀，

合作相携手。

今天散會，快樂悠悠，

印象長保留。

尖沙咀浸信會會歌

(札根與結果)

要結成生命中屬靈的美果，

我要把基督生命表現，

我們要往下札根向上結果，

更要把神榮耀由我彰顯。

尋求神忍耐和祂恩慈，

尋求我主克己與溫情，

尋求祂忠誠善良心地，

更須求喜樂仁愛和平。

培眞中學校歌

培眞中學，靈秀所鍾，
山環海繞，氣象豪雄。
薈萃青年學子，
朝夕絃歌雅頌。
學行求「至眞至善」；
文化須中外相通。

信義為尚；聖道是崇。
沾化雨，坐春風，
今日嫩苗茁壯，
他年奇葩萬種。
讚美天父建校深恩；
感謝我校培育大功！

健康情緒歌

（香港健康情緒學會會歌）

我們生身宇宙中，

莫問無涯或有涯。

時間與空間，

你我都存在。

但憑各人禀賦，

善用各人天才。

成敗得失，不縈於懷。

心胸曠達，性格爽快，

氣質溫厚，態度和藹，

消憎恨，重仁愛。

情緒常常保歡愉，

身體自然得安泰，

精神煥發感召人，

可為他人作模楷。

明愛職業先修學校校歌

明愛我校，

宗旨崇高，

作育青年，

宏揚聖道。

職業先修教育，

生活實際美好。

緊記校訓：「忠誠勤樸；敬主愛人。」

定要努力做到。

今日須用功求學，

他年為社會效勞。

明愛我校，

循循善導。

我為明愛自重，

我為明愛自豪！

青少年團歌

中國基督徒傳道會，

青少年，

在基督裏團結，

忠誠一片。

爲追求新生命，

奮發爲先。

靠主大能，立己立人，

同把聖工發展。

對待人，

盡忠、盡力，守信、守義。

事奉神，

盡心、盡性，求美、求善。

青少年，應共勉，

把福音向普世宣傳，

拯救失喪的靈魂。

回歸到主前。

鋒 社 社 歌

雲山珠海氣象雄，

自古山川靈秀鍾。

鋒社學子敏捷矯健，

年幼青青活力充。

欣聚首，

樂融融，

學行兼修德體智，

須借他山玉石攻，

愛我母校，

敬我師長。

毋忘三載坐春風，

大家同奮發，

百鍊可成鋒。

勸　酒　詞

舊恨不能忘，

新恨頻年有。

秋月與春花，

好景難長久，

歡情惟向醉中尋，

萬事不如杯在手。

問君何所思，

問君何所憂？

莫負此良宵，

良宵不我留。

有歡且盡歡，

須知春宵一刻不回頭。

勸君放下閒愁，

喝了這杯消愁酒。

下 酒 歌

來來來！乾了這一盅，

我對您說句眞心話，

您別當作我打哈哈，

您瞧瞧世間人，

爲名爲利作牛馬，奔波勞碌過一生，

到頭來，什麼都丟下。

所謂王侯將相，全是大傻瓜，哈哈哈。

倒不如眼前過得去，痛痛快快玩一下，

喝上幾盅酒，自在得多呢！

要笑（哈哈哈哈）就笑，

要罵（赦）就罵，

心眼全沒一絲兒假。

昨天的不再懷想，明天的也無牽掛。

來來來！再乾這一盅，

把您這愁眉苦臉兒啊，

骨碌骨碌地都吞下，

骨碌骨碌地都吞下。

渴　慕　耶　穌

（一）　我心中饑渴地愛慕着耶穌，我心中饑渴地愛慕着祂；雖然我知道祂常在我身旁，我仍要渴望見着祂的面。

副歌：　心中渴慕着耶穌，我心中饑餓地愛慕耶穌；但求接近祂，常與祂同在，我心中饑渴地愛慕耶穌。

（二）　我心中渴望能夠追隨耶穌，我心中渴望祂親手提挈；令我感到祂親自帶領着我，感到祂的愛永遠永遠不離開。

（三）　你也許並不知道誰是耶穌，你還享受人生的最樂；啊，你能否接受祂作你救主，領受祂豐盛無量的恩典？

爲周振榮先生題百鳥朝鳳屏聯

檻外有凰何絢美

林間無鳥不來儀

編 後 記　　文 谷

　　藝術歌詞應予發揚，韋老師的歌詞值得流傳。韋老師與藝術歌詞，有着不可分割的連繫。藝術歌詞能夠發揚，也卽是韋老師的歌詞能夠流傳；韋老師的歌詞能夠流傳，也卽是藝術歌詞能夠發揚，也正因爲這個原因，我不揣鄙陋，替韋老師編輯這本總集。

　　這本總集附上傳記和創作年表，希望能夠對於研究者帶來一點方便；也附上相片和手稿，希望藉此能夠使讀者對韋老師加深認識。

　　由於戰亂飄泊，韋老師的歌詞和其他作曲家爲他所寫的曲譜，散失了很多，眞是非常可惜。

　　這本總集能夠順利完成，實多得各方人士幫助，在此，我致以衷心的感謝。然而因爲成書倉卒，而我又力有不逮，因此，這本總集一定有很多不妥善的地方，希望各位賢達明哲能夠批評和指正。

玉 潤 山 林

（韋瀚章先生《野草詞》讀後記）

　　我愛韋瀚章先生的詩詞，因爲詞中有樂。

　　細察韋先生的詞作，在內容方面言之，他能深入
生活之中，同時亦能跳出生活之外。深入生活之中，
故能寫之，且有神韻；跳出生活之外，故能觀之，且
有高致。在技巧方面言之，他的長短句法，顯示音樂
節奏；他的選韻用字，蘊藏音樂格律；更突出的，是
詞內常能提供豐富的音樂境界；只是這個音樂境界，
就足以大大的增高了詩詞的價值。

　　詩與樂，本來就不可分割。德國名作曲家弗朗次
說得好，「一首好詩之中，已經隱藏着美麗的曲調。」
我國宋儒鄭樵曾經指出「樂以詩爲本，詩以聲爲用」；
他認定《詩三百篇》，盡在聲歌，不應只誦其文而說
其義（《通志略》）。實在，音樂能賦予詩詞以新生
命；只要詞中有樂，則詞必更美。荀子有言，「玉在
山而草木潤，淵生珠而崖不枯」（〈勸學篇〉），實
具至理。站在作曲者的立場來說，我敬服韋先生的歌

詞成就；更盼詞家與樂人，皆對章先生的詞作技巧，仔細研究，以期能見、能知、能用。

推行樂教，我們要用音樂來充實每個人的日常生活，這就不得不借助詩詞之力；因為沒有詩詞的弓，就很難把音樂之箭射進人們的心靈去。我們憑藉歌唱，乃把詩與樂融成一體，獲得直訴人心的通路；慧敏的詩人們，永不把詩與樂分拆為二。

我們常常見到許多只談義理的詩，也見過不少堆砌口號的詞。要把它們作成歌曲，頗似將呆滯的禿山，闢為公園；雖有可能，但甚吃力。為具備音樂境界的詩詞作曲，宛如將秀麗的澄湖，供人遊覽；稍加整理，即成勝境。所有樂人，皆重視具有音樂境界的歌詞；作曲者皆愛為章先生的詩詞作曲，其因在此。

昔日李笠翁記述他所創製的「尺幅窗」，最能說明樂人對歌詞的觀點：「浮白軒中，後有小山，高不逾丈，寬止及尋；有舟崖碧水，茂林修竹，鳴禽響瀑，茅屋板橋。是山也，而可以作畫；是畫也，而可以為窗。坐而觀之，則窗非窗也，畫也。山非屋後之山，即畫上之山也。」能將自然美景，窗框之而為畫，正似將音樂境界，剪裁之而成詞；這是詩樂合一的作品，這是寓樂於詩的歌詞，這是藝人夢寐以求的佳構。吳竹橋題揚州天寧寺，「鈴聲得露清如許，塔

勢隨雲遠欲奔」；這是慧耳所聽到的聲音，慧眼所見
到的景物； 其中的音樂境界， 深具魅力。 章先生的
詞，常能提供這類音樂境界，極利於作曲者開展。例
如，「碧海夜遊」的晚風與浪濤，「日月潭曉望」的
恬靜與晨鐘，「鳴春組曲」的杜宇啼聲與黃鶯百囀，
「逆旅之夜」的紛亂嘈鬧與夜柝晨雞、步履雜遝，「
秋夜聞笛」的悠揚玉笛，「夜怨」的西風鐵馬；皆明
顯可見。王摩詰詩中有畫，畫中有詩；李笠翁窗中有
畫，畫卽是窗；章先生則是詞中有樂，樂化爲詞，實
堪與古今藝人媲美。

　　章先生從事歌詞創作，迄今五十載；當年與黃自
先生合作的歌曲「旗正飄飄」，「抗敵歌」，與林聲
翕先生合作的「白雲故鄉」，都曾在抗戰建國期中，
發揮了無比的樂教威力。今以其多年經驗，提出「詩
樂再結合」的呼召，非徒空論，兼以力行，實在彌足
珍貴。

　　章先生從來沒有單獨刊行其詩詞，屢經朋友們敦
促，乃編成這冊《野草集》。這是章先生印贈親友的
版本， 並無推廣的意向。 現因劉振強總經理誠意邀
請，乃將《野草集》交由東大圖書公司印行，列入滄
海叢刊之內；這是一件值得欣慰之事。

　　章先生的詞作，早爲國內海外文化界所重視。一

九七三年十一月，中國廣播公司在臺北曾舉辦「韋瀚章詞作音樂會」，同年十二月，香港市政局與香港音專合辦「香港詞曲家作品音樂會，韋瀚章詞作樂曲專輯」。數十年來，無論國內與海外，音樂會內，韋先生詞作的樂曲，數量常列首位。

韋先生近年極力鼓勵青年人努力研究，以期把歌詞創作技術，發揚光大。他每週親到音專，不計薪酬，爲諸生講授創作方法，批改習作，眞是桃李滿門，至足欣慰。昔日陳善學琴，從掩抑頓挫之中，悟出爲文之法（見《捫虱新語》卷五）；現在憑韋先生之指導，青年詞人們必可從音樂訓練之中，悟出作詞之秘。韋先生的辛勞，必然不會白費。

爲了推行音樂教育，應先培養音樂人才；爲了提倡歌曲創作，應先鼓舞歌詞創作。清代藝人鄭板橋欲聽鳥歌，遂先種樹；他要廣栽綠樹，「遶屋數百株，扶疏茂密，爲鳥國鳥家。將旦時，睡夢初醒，尚展轉在被，聽一片啁啾，如雲門咸池之奏」；這是藝人最佳的設計。種樹就是創作歌詞，我們該種清雅秀麗的樹，而不是乾澀枯禿的樹；我們該作樂境豐富的詞，而不是只談義理的詞。樹林茂密，百鳥自然雲集爭鳴；歌詞豐盛，作曲自然蓬勃開展。

爲了要研究如何纔能作得好詞與好曲，韋先生的

這本《野草詞》，可以給我們無限啟示。但願羣山皆藏美玉，好使草豐林茂，色澤清新。

　　附記：滄海叢刊《野草詞》付梓之日，韋瀚章先生囑我為之作序。平心而論，我尚未配膺此榮任。只因作曲之際，我曾把韋先生的詞，精研細讀；千讀之餘，偶有一得，堪向讀者獻曝；遂成此篇後記，可附卷末而已。

　　　　　　黃友棣　丁巳年中秋節夜誌

野草詞原序

　　《野草詞》終於編印成冊出版了。這是一個多年以來的心願。現在能夠如願以償，心中自然感到說不出的快慰。

　　野草並不是什麼奇花異卉，祇是野地上自生自滅的青草而已。我的詩篇而名之為「野草」，其雜亂無章，不成體統，是可想而知的了。

　　本來呢，四五十年來所作，實在是不止這一百多篇的。這幾十年來，頻遭禍亂，幾經播遷，財物上我根本沒有任何積聚，所以談不上什麼損失。但平生最寶貴的書籍和所作詩詞雜稿的損失，卻是難以估計的。這集子裡所刊印的，祇是些已經作曲家譜過曲出版，或流傳出去，經最近幾年搜集回來的；或記憶所及，重寫出來的；或是未經譜曲的幾篇初稿。大約估計一下，歷年所作的不下三百餘篇，其中經人譜曲的，約佔三分之二以上。而這裏所載，僅是三分之一而已。其餘的都已散失或記憶不起了，這是平生一大

憾事。

　　這裡一百多篇中，有些是抒懷寄興之作；有些是為編寫中學音樂教材之作；有些是文藝電影的插曲，所以在內容與格調上，都不相同。但每一篇都是透過我的熱情，而且是集中精神來寫的。

　　許多音樂文藝界親友們，都鼓勵我把這本小冊子印行，我纔膽敢把它付印。至少，對這幾位親友們的熱誠鼓勵，有個交代；也可以給親友們留個紀念。

　　讀者們對拙作的批評與指正，當然是衷誠歡迎與接受的。

　　　　　　　韋瀚章　一九七六年十二月於香港

附　　錄

作　品　年　表

年份	作品名稱	作曲家	曲類	備	註
1932	思鄉	黃自	獨唱		韋瀚章、黃自初次合作。
	春思曲	黃自	獨唱		
	春深幾許	林聲翕	獨唱	1972年作曲	
	荷花	應尚能			
	梨花落	應尚能		獻給隱楊端蓮女士	
	五月裡薔薇處處開	勞景賢	獨唱		
	弔吳淞	應尚能	獨唱		
	抗敵歌	黃自	混聲四部合唱	黃自作第一節歌詞	
	旗正飄飄	黃自	混聲四部合唱		
	長恨歌	黃自		中國第一部清唱劇	
	（一）仙樂飄飄處處聞		混聲四部合唱	原作共十首，譜成七首，餘三首原稿佚失。1972年韋先生另作四、七、九、新詞三章，由林聲翕補遺。	
	（二）七月七日長生殿		女聲三部合唱		
	（三）漁陽鼙鼓動地來		及二重唱 男聲四部合唱		
	（四）六軍不發無奈何		男聲四部合唱		

1933	曲名	作曲	演唱形式	備註
	(六)宛轉蛾眉馬前死	黃自	女高音獨唱	
	(九)山在虛無縹渺間	林聲翕	女聲三部合唱	
	(十)此恨綿綿無絕期	應尚能	混聲四部合唱	
		黃友棣	男中音獨唱	
	雨後西湖 (憶江南)	黃自	獨唱	1958年作曲
	重遊西湖 (蝶戀花)	林聲翕	二重唱	1973年作曲
	寄所思 (卜算子)	應尚能	獨唱	復興初中音樂
	夜怨	黃友棣	長笛、朗誦、鋼琴合奏音詩	1973年作曲
	四時漁家樂 (春、夏、秋、冬)	黃自	獨唱	復興初中音樂
		黃友棣	提琴與鋼琴合奏演奏曲	復興初中音樂
	九一八	黃自	獨唱	
	睡獅	黃自	獨唱	
	燕語	應尚能　黃自		
	農歌	黃自		

年份	曲名	作曲	演唱形式	備註
	秋郊樂	黃自	二重唱	復興初中音樂
	秋色近	黃自	三重唱	復興初中音樂
	採蓮謠	黃自	二重唱	復興初中音樂
	秋夜	陳田鶴	獨唱	復興初中音樂
	前途的光明	應尚能	獨唱	復興初中音樂
	春江好（憶江南）	陳田鶴	獨唱	復興初中音樂
	老大徒傷悲	江定仙	獨唱	復興初中音樂
	植樹	A. Dvorak	獨唱	復興初中音樂　按「新大陸交響曲」中之廣板填詞
1934	贈別	應尚能		
	一牛兒	應尚能		李超源亦為作曲
	給薔薇	應尚能		
	簑夜聽雨	應尚能		散曲
1935	秋江晚步	應尚能		
	暮冬	應尚能		

年份	詞題	譜曲	演唱	備註
	浪淘沙	應尚能	獨唱	
	塞夜曲	應尚能	獨唱	
	雁	應尚能		
	嘩的歌	應尚能		
	醉漢之歌	應尚能		
1938	白雲故鄉	林聲翕		韋瀚章、林聲翕翁首次合作。
		李中和		
1944	失眠（浪淘沙）	呂泉生	獨唱	甲申除夕於廣州
	虞美人（閒情沒箇安排處）			
1945	逆旅之夜（鷓鴣天）	黃友棣	混聲四部合唱	1973年作曲
	浪淘沙（颱雨正飄搖）			秋夕抒懷
	高陽臺（黃葉翻階）			初冬、風雨夜、簡友。
	浪淘沙（天際亂雲生）			於沙灣
	乙酉歲暮、紅棉早放			乙酉歲暮
	竹枝詞			

年代	作品	作曲	形式	備註
1947	歲暮贈行路人			
	賣花詞			
	奉賀不雨	應尚能	獨唱	乙酉除夕於沙灣譯作，第二節作於1976。
	一把剪（燕子）	應尚能		
	貍奴戲絮	林聲翕		1963年作曲
		黃友棣	提琴與鋼琴合奏曲	1973年作曲
	浪淘沙（節序似奔輪）			
	讚康建中惠鎬明伉儷雙栖圖題詠集			10月，讀友人重九日記，感賦此闋，時客上海。
	和韵			題畫
	白頭翁			題畫
	蟬			題畫
	野蔬			
	西江月（灕江卽景）	應尚能		
1948	灕江舊雨			按Auld Lang Syne 塡詞

年	曲名	譯	演唱形式	作曲/編者	備註
1950	寒流				
1951	新禱文	譯 The New Invocation (Anonymous)			
1952	靜		混聲四部合唱	邵　光	
1953	霧（浪淘沙）		混聲四部合唱	黃友棣	1972年作曲
	答客問（一剪梅）		獨唱	綦湘棠	
	戀春曲（蝶戀花）		獨唱	林聲翕	電影「戀春曲」主題曲
	懷舊		獨唱	林聲翕	電影「再春花」插曲
1954	清明時節		獨唱	林聲翕	
	鼓		二重唱	綦湘棠	
			混聲四部合唱	黃友棣	1976年作曲

年	曲名	作曲	演唱形式	備　註
1956	我			
1957	寨夜（浪淘沙）	林聲翕	獨唱	電影「寨夜」主題曲
	人海孤鴻	林聲翕	獨唱	電影「人海孤鴻」主題曲，編入初中音樂教材。
	放牛歌（擬山歌）	林聲翕	獨唱	電影「戀春曲」插曲
	送別（擬東江民歌）	林聲翕	獨唱	電影「戀春曲」插曲
	旅客	林聲翕	二重唱	
	秋夜	林聲翕	獨唱	初中音樂教材
	運動會	林聲翕	獨唱	初中音樂教材
	春光好	林聲翕	獨唱	初中音樂教材
	端陽競渡	林聲翕	獨唱	初中音樂教材
	聽雨	林聲翕	獨唱	初中音樂教材
	登高山	林聲翕	二重唱	初中音樂教材
	植樹（浪淘沙）	林聲翕	三重唱	初中音樂教材
	迎春曲	林聲翕	三重唱	初中音樂教材
	希望	林聲翕	混聲四部合唱	初中音樂教材

年份	曲名	作曲者	演唱形式	備註
	圍爐曲	林聲翕	三重唱	
	泛舟	秦湘棠	獨唱	初中音樂教材
	綠滿枝	英國民歌		初中音樂教材
	神仙船	英國民歌		初中音樂教材
	頌聖曲	貝多芬		初中音樂教材
	野花	孟德爾頌		初中音樂教材
	鬥牛英雄	比才		初中音樂教材
	軍士進行曲	古諾		原為「卡門」歌劇，後編入初中音樂教材
	歇心			原為歌劇「浮士德」中一曲
	復活信息	法國古調		1957編入初中音樂教材
	童子軍進行曲			初中音樂教材
1958	黃昏院落（菩薩鬘）	林聲翕	獨唱	1972年作曲
	慈母頌	林聲翕	獨唱、另作鋼琴曲	

年代	作品	作者	演唱形式	備註
1961	飛渡神山 (浪淘沙)	黃友棣	獨唱，另編混聲四部合唱	1975年作曲
1964	水調歌頭 (歲月似駒隙)			賀韋瀚章六十大壽
1967	紅梅曲	林聲翕	獨唱	1972年作曲
1970	碧海夜遊 (水調歌頭)	黃友棣	獨唱	韋瀚章、黃友棣 初次合作
	一顆星	林聲翕	混聲四部合唱	兒童歌曲
1972	長恨歌補遺	林聲翕	男聲朗誦	
	(四)驚破霓裳羽衣曲		混聲四部合唱	
	(七)夜雨聞鈴腸斷聲		男聲朗誦	
	(九)西宮南內多秋草	林聲翕	獨唱	
	日月潭曉望 (浪淘沙)			

年	曲名	作者	演出形式	備考
	天祥道中（西江月）	林聲翕	獨唱	另編混聲四部合唱
	鳴春組曲 (一)杜宇 (二)黃鶯	黃友棣	獨唱	
	野草閑雲	李抱忱	獨唱	
	生活之歌	黃友棣	獨唱	另編混聲四部合唱
	負起十架歌			
	樹仁學院校歌			
1973	永生之神歌			
	得勝君王歌			
	送徐大光、周曉丹結婚			
1974	秋夜開笛	黃友棣	獨唱，長笛 輔奏	另編混聲四部合唱
	愛物天心組曲 春雨	黃友棣	獨唱，提琴 輔奏	

作品	作曲者	演奏形式	備註
夏雲		獨唱、單簧管輔奏	
秋月		獨唱、長笛輔奏	
冬雪		四重奏，上列四種樂器輔奏	
天何言哉			
青年們的精神	黃友棣	混聲四部合唱	明誼合唱團團歌
佛偈三唱	黃友棣	混聲四部合唱	
偈	林聲翕	混聲八重唱	
大空歌	林聲翕		
小小耶穌歌			
聖母悲哀歌			
數盆夢			
㈠遺照（鶡鴒天）	林聲翕	聯篇歌曲	另編大提琴獨奏曲。這是為紀念韋吳玉鸞女士而作的。
㈡紀夢			

年份	曲名	作曲	形式	備註
1975	(白)週年祭 (虞美人)			
	笑哈哈	黃友棣	獨唱	另編混聲四部合唱，健康情緒學會特邀創作之爬山歌曲。
	繼往開來	黃友棣	獨唱	另編混聲四部合唱
	晚晴 (浪淘沙)	林聲翕	混聲四部合唱	思義夫合唱團用為團歌
	加稅			晚晴集代跋
	美麗的草原			
	磨坊少女			
	加拍你卡			
	近主懷中歌			
	謝主扶持歌			
	基督教兒童合唱團團歌			
	角聲合唱團團歌			
	中華基督教青年會合唱團團歌			
	減字木蘭花 (贈香港書道協會展覽)			

年份	作品	作者	形式	備註
1976	蝶戀花（酷暑將殘秋意又）讓數盆歌第一闋			
1977	你我莫相忘	林聲翕	獨唱	粵語俚廉歌曲
	牛夜敲門也不驚	黃友棣	齊唱	粵語俚廉歌曲
	為旅人壽歌			
	奉題楊柳岸邊照			
	民族軍人			
1978	恭賀新禧	林聲翕	混聲四部合唱	為香港校際音樂比賽得獎音
	一團和氣	黃友棣	混聲四部合唱	樂會作
	佳節頌組曲	黃友棣	聯篇歌曲	
	清明		混聲四部合唱	
	端陽		混聲四部合唱	
	中秋		女聲三部合唱	
	新春		混聲四部合唱	
	勸酒歌	黃友棣	混聲四部合唱	話劇「醉心貴族的小市民」

約翰・亨利

拿這個錯

棉子象鼻蟲之歌

賤價的煤

公司

我們一定得勝

邁克爾划船到岸

幾千人都去

有很多地方

當聖哲們在

蕭靜、有人在呼喚我

黑色是我真愛人的頭髮

在大烟山頂上

深居幽谷中

跳向阿劉

年	作品	作曲	演唱形式	類別	備註
1979	神腸勇氣 金縷曲（七十童齡耳） 畫贈王文山			七十四初度抒懷	
1980	西江月（三十五年佳偶） 思義夫合唱團團歌 四海同心 救華歌			兒童歌劇	
1981	重青樹 （一）乾枯橡樹 （二）老嫗心聲 （三）愛在人間 （四）尾聲 易水送別 香港中華廠商會職業先修學校歌	黃友棣 林聲翁 林聲翁	混聲四部合唱 男中音、女中音對唱 朗誦、混聲四部合唱 混聲四部合唱 歌劇	清唱劇	八一年在港首演

	竹的故事	胡德智	黃友棣	聯篇歌曲	取材備註
1982	屯門兒童合唱團團歌 菩薩蠻 祝榮星！賀榮星！ 賀黃晚成女士授琴四十週年紀念 角聲合唱團演唱抗戰歌曲抒懷		黃友棣		取材自《荒漠甘泉》，現尚待譜曲 賀劉明儀新作「梅花引」
1983	牧馬山歌 茶山姑娘				民歌組曲「牧馬三疊」之一 民歌組曲「茶山姑娘」朗誦之一
1984	寶血會伍季明紀念小學校歌 二十歲新青年 少年恩物 香港情懷（菩薩蠻） 太平山下			聯篇歌曲	明儀合唱團成立二十週年

年份	作品	作曲	類別	備註
1985	可愛的香港			
	挿花展覽會			應香港華人基督教聯會邀請作（慶祝成立七十週年）
	詩篇一百篇舉義			
1986	寶島溫情	黃友棣		
1987	鹿車鈴兒響叮噹	黃友棣	歌劇	聖誕兒童歌劇
	香港兒童合唱團團歌			
	菁菁合唱團團歌			
	長風合唱團團歌			
以下不能確定作品創作年份	廉潔家庭印象深			譯作
	尖沙咀浸信會會歌			
	培貞中學校歌			
	健貞情緒歌			

作品	作者	出處
明愛職業先修學校校歌	林肇翁	
青少年團歌	林肇翁	
蜂社歌	黃菅義	
勸酒詞	何安東	
下酒歌		
渴慕耶穌歌		普天頌讚
醉漢之歌		
為周振榮先生題百鳥朝鳳屏聯		

滄海叢刊已刊行書目 (一)

書　　名	作　者	類　別
國父道德言論類輯	陳　立　夫	國父遺教
中國學術思想史論叢 (一)(二)(三)(四)(五)(六)(七)(八)	錢　　穆	國　　學
現代中國學術論衡	錢　　穆	國　　學
兩漢經學今古文平議	錢　　穆	國　　學
朱子學提綱	錢　　穆	國　　學
先秦諸子繫年	錢　　穆	國　　學
先秦諸子論叢	唐　端　正	國　　學
先秦諸子論叢（續篇）	唐　端　正	國　　學
儒學傳統與文化創新	黃　俊　傑	國　　學
宋代理學三書隨劄	錢　　穆	國　　學
莊子纂箋	錢　　穆	國　　學
湖上閒思錄	錢　　穆	哲　　學
人生十論	錢　　穆	哲　　學
晚學盲言	錢　　穆	哲　　學
中國百位哲學家	黎　建　球	哲　　學
西洋百位哲學家	鄔　昆　如	哲　　學
現代存在思想家	項　退　結	哲　　學
比較哲學與文化 (一)(二)	吳　　森	哲　　學
文化哲學講錄 (一)(二)(三)(四)	鄔　昆　如	哲　　學
哲學淺論	張　康譯	哲　　學
哲學十大問題	鄔　昆　如	哲　　學
哲學智慧的尋求	何　秀　煌	哲　　學
哲學的智慧與歷史的聰明	何　秀　煌	哲　　學
內心悅樂之源泉	吳　經　熊	哲　　學
從西方哲學到禪佛教 ——「哲學與宗教」一集——	傅　偉　勳	哲　　學
批判的繼承與創造的發展 ——「哲學與宗教」二集——	傅　偉　勳	哲　　學
愛的哲學	蘇　昌　美	哲　　學
是與非	張　身　華譯	哲　　學

書　　　　名	作　者	類　　　　別
語　言　哲　學	劉　福　增	哲　　　　學
邏　輯　與　設　基　法	劉　福　增	哲　　　　學
知識・邏輯・科學哲學	林　正　弘	哲　　　　學
中　國　管　理　哲　學	曾　仕　強	哲　　　　學
老　子　的　哲　學	王　邦　雄	中　國　哲　學
孔　學　漫　談	余　家　菊	中　國　哲　學
中　庸　誠　的　哲　學	吳　　怡	中　國　哲　學
哲　學　演　講　錄	吳　　怡	中　國　哲　學
墨　家　的　哲　學　方　法	鐘　友　聯	中　國　哲　學
韓　非　子　的　哲　學	王　邦　雄	中　國　哲　學
墨　家　哲　學	蔡　仁　厚	中　國　哲　學
知　識、理　性　與　生　命	孫　寶　琛	中　國　哲　學
逍　遙　的　莊　子	吳　　怡	中　國　哲　學
中國哲學的生命和方法	吳　　怡	中　國　哲　學
儒　家　與　現　代　中　國	韋　政　通	中　國　哲　學
希　臘　哲　學　趣　談	鄔　昆　如	西　洋　哲　學
中　世　哲　學　趣　談	鄔　昆　如	西　洋　哲　學
近　代　哲　學　趣　談	鄔　昆　如	西　洋　哲　學
現　代　哲　學　趣　談	鄔　昆　如	西　洋　哲　學
現　代　哲　學　述　評（一）	傅　佩　榮譯	西　洋　哲　學
懷　海　德　哲　學	楊　士　毅	西　洋　哲　學
思　想　的　貧　困	韋　政　通	思　　　　想
不　以　規　矩　不　能　成　方　圓	劉　君　燦	思　　　　想
佛　學　研　究	周　中　一	佛　　　　學
佛　學　論　著	周　中　一	佛　　　　學
現　代　佛　學　原　理	鄭　金　德	佛　　　　學
禪　　話	周　中　一	佛　　　　學
天　人　之　際	李　杏　邨	佛　　　　學
公　案　禪　語	吳　　怡	佛　　　　學
佛　教　思　想　新　論	楊　惠　南	佛　　　　學
禪　學　講　話	芝峯法師譯	佛　　　　學
圓　滿　生　命　的　實　現 （布　施　波　羅　蜜）	陳　柏　達	佛　　　　學
絕　對　與　圓　融	霍　韜　晦	佛　　　　學
佛　學　研　究　指　南	關　世　謙譯	佛　　　　學
當　代　學　人　談　佛　教	楊惠南編	佛　　　　學

滄海叢刊已刊行書目 (三)

書　　　名	作　　者	類	別
不　疑　不　懼	王　洪　鈞	教	育
文　化　與　教　育	錢　　穆	教	育
教　育　叢　談	上官業佑	教	育
印　度　文　化　十　八　篇	糜　文　開	社	會
中　華　文　化　十　二　講	錢　　穆	社	會
清　代　科　舉	劉　兆　璸	社	會
世　界　局　勢　與　中　國　文　化	錢　　穆	社	會
國　　　家　　　論	薩　孟　武　譯	社	會
紅　樓　夢　與　中　國　舊　家　庭	薩　孟　武	社	會
社　會　學　與　中　國　研　究	蔡　文　輝	社	會
我　國　社　會　的　變　遷　與　發　展	朱岑樓主編	社	會
開　放　的　多　元　社　會	楊　國　樞	社	會
社　會、文　化　和　知　識　份　子	葉　啓　政	社	會
臺　灣　與　美　國　社　會　問　題	蔡文輝 蕭新煌主編	社	會
日　本　社　會　的　結　構	福武直　著 王世雄　譯	社	會
三　十　年　來　我　國　人　文　及　社　會 科　學　之　回　顧　與　展　望		社	會
財　　經　　文　　存	王　作　榮	經	濟
財　　經　　時　　論	楊　道　淮	經	濟
中　國　歷　代　政　治　得　失	錢　　穆	政	治
周　禮　的　政　治　思　想	周　世　輔 周　文　湘	政	治
儒　家　政　論　衍　義	薩　孟　武	政	治
先　秦　政　治　思　想　史	梁啓超原著 賈馥茗標點	政	治
當　代　中　國　與　民　主	周　陽　山	政	治
中　國　現　代　軍　事　史	劉　馥　著 梅寅生　譯	軍	事
憲　　法　　論　　集	林　紀　東	法	律
憲　　法　　論　　叢	鄭　彥　棻	法	律
師　　友　　風　　義	鄭　彥　棻	歷	史
黃　　　　　帝	錢　　穆	歷	史
歷　　史　　與　　人　　物	吳　相　湘	歷	史
歷　史　與　文　化　論　叢	錢　　穆	歷	史

滄海叢刊已刊行書目 (四)

書　　　　名	作　　者	類	別
歷　史　圈　外	朱　　桂	歷	史
中國人的故事	夏　雨　人	歷	史
老　　臺　　灣	陳　冠　學	歷	史
古史地理論叢	錢　　穆	歷	史
秦　　漢　　史	錢　　穆	歷	史
秦漢史論稿	刑　義　田	歷	史
我這半生	毛　振　翔	歷	史
三生有幸	吳　相　湘	傳	記
弘一大師傳	陳　慧　劍	傳	記
蘇曼殊大師新傳	劉　心　皇	傳	記
當代佛門人物	陳　慧　劍	傳	記
孤兒心影錄	張　國　柱	傳	記
精忠岳飛傳	李　　安	傳	記
八十憶雙親 師友雜憶 合刊	錢　　穆	傳	記
困勉強狷八十年	陶　百　川	傳	記
中國歷史精神	錢　　穆	史	學
國　史　新　論	錢　　穆	史	學
與西方史家論中國史學	杜　維　運	史	學
清代史學與史家	杜　維　運	史	學
中國文字學	潘　重　規	語	言
中國聲韻學	潘　重　規 陳　紹　棠	語	言
文學與音律	謝　雲　飛	語	言 學
還鄉夢的幻滅	賴　景　瑚	文	學
葫蘆・再見	鄭　明　娳	文	學
大地之歌	大地詩社	文	學
青　　　春	葉　蟬　貞	文	學
比較文學的墾拓在臺灣	古添洪 陳慧樺 主編	文	學
從比較神話到文學	古添洪 陳慧樺	文	學
解構批評論集	廖　炳　惠	文	學
牧場的情思	張　媛　媛	文	學
萍踪憶語	賴　景　瑚	文	學
讀書與生活	琦　　君	文	學

書　　名	作　者	類	別
中西文學關係研究	王潤華	文	學
文開隨筆	糜文開	文	學
知識之劍	陳鼎環	文	學
野草詞	韋瀚章	文	學
李韶歌詞集	李韶	文	學
石頭的研究	戴天	文	學
留不住的航渡	葉維廉	文	學
三十年詩	葉維廉	文	學
現代散文欣賞	鄭明娳	文	學
現代文學評論	亞菁	文	學
三十年代作家論	姜穆	文	學
當代臺灣作家論	何欣	文	學
藍天白雲集	梁容若	文	學
見賢集	鄭彥棻	文	學
思齊集	鄭彥棻	文	學
寫作是藝術	張秀亞	文	學
孟武自選文集	薩孟武	文	學
小說創作論	羅盤	文	學
細讀現代小說	張素貞	文	學
往日旋律	幼柏	文	學
城市筆記	巴斯	文	學
歐羅巴的蘆笛	葉維廉	文	學
一個中國的海	葉維廉	文	學
山外有山	李英豪	文	學
現實的探索	陳銘磻編	文	學
金排附	鍾延豪	文	學
放鷹	吳錦發	文	學
黃巢殺人八百萬	宋澤萊	文	學
燈下燈	蕭蕭	文	學
陽關千唱	陳煌	文	學
種籽	向陽	文	學
泥土的香味	彭瑞金	文	學
無緣廟	陳艷秋	文	學
鄉事	林清玄	文	學
余忠雄的春天	鍾鐵民	文	學
吳煦斌小說集	吳煦斌	文	學

滄海叢刊已刊行書目 (六)

書名	作者	類	別
卡薩爾斯之琴	葉石濤	文	學
青囊夜燈	許振江	文	學
我永遠年輕	唐文標	文	學
分析文學	陳啓佑	文	學
思想起	陌上塵	文	學
心酸記	李喬	文	學
離訣	林蒼鬱	文	學
孤獨園	林蒼鬱	文	學
托塔少年	林文欽編	文	學
北美情逅	卜貴美	文	學
女兵自傳	謝冰瑩	文	學
抗戰日記	謝冰瑩	文	學
我在日本	謝冰瑩	文	學
給青年朋友的信(上)(下)	謝冰瑩	文	學
冰瑩書柬	謝冰瑩	文	學
孤寂中的廻響	洛夫	文	學
火天使	趙衛民	文	學
無塵的鏡子	張默	文	學
大漢心聲	張起鈞	文	學
回首叫雲飛起	羊令野	文	學
康莊有待	向陽	文	學
情愛與文學	周伯乃	文	學
湍流偶拾	繆天華	文	學
文學之旅	蕭傳文	文	學
鼓瑟集	幼柏	文	學
種子落地	葉海煙	文	學
文學邊緣	周玉山	文	學
大陸文藝新探	周玉山	文	學
累廬聲氣集	姜超嶽	文	學
實用文纂	姜超嶽	文	學
林下生涯	姜超嶽	文	學
材與不材之間	王邦雄	文	學
人生小語(一)(二)	何秀煌	文	學
兒童文學	葉詠琍	文	學

書　　名	作　者	類　　　別
印度文學歷代名著選（上）（下）	糜文開編譯	文　　學
寒　山　子　研　究	陳　慧　劍	文　　學
魯　迅　這　個　人	劉　心　皇	文　　學
孟　學　的　現　代　意　義	王　支　洪	文　　學
比　　較　　詩　　學	葉　維　廉	比　較　文　學
結構主義與中國文學	周　英　雄	比　較　文　學
主　題　學　研　究　論　文　集	陳鵬翔主編	比　較　文　學
中　國　小　説　比　較　研　究	侯　　　健	比　較　文　學
現　象　學　與　文　學　批　評	鄭樹森編	比　較　文　學
記　　號　　詩　　學	古　添　洪	比　較　文　學
中　美　文　學　因　緣	鄭樹森編	比　較　文　學
文　　學　　因　　緣	鄭　樹　森	比　較　文　學
比　較　文　學　理　論　與　實　踐	張　漢　良	比　較　文　學
韓　非　子　析　論	謝　雲　飛	中　國　文　學
陶　淵　明　評　論	李　辰　冬	中　國　文　學
中　國　文　學　論　叢	錢　　　穆	中　國　文　學
文　　學　　新　　論	李　辰　冬	中　國　文　學
離　騷　九　歌　九　章　淺　釋	繆　天　華	中　國　文　學
苕華詞與人間詞話述評	王　宗　樂	中　國　文　學
杜　甫　作　品　繫　年	李　辰　冬	中　國　文　學
元　曲　六　大　家	應　裕　康 王　忠　林	中　國　文　學
詩　經　研　讀　指　導	裴　普　賢	中　國　文　學
迦　陵　談　詩　二　集	葉　嘉　瑩	中　國　文　學
莊　子　及　其　文　學	黃　錦　鋐	中　國　文　學
歐　陽　修　詩　本　義　研　究	裴　普　賢	中　國　文　學
清　真　詞　研　究	王　支　洪	中　國　文　學
宋　儒　風　範	董　金　裕	中　國　文　學
紅　樓　夢　的　文　學　價　值	羅　　　盤	中　國　文　學
四　説　論　叢	羅　　　盤	中　國　文　學
中　國　文　學　鑑　賞　舉　隅	黃慶萱 許家鸞	中　國　文　學
牛李黨爭與唐代文學	傅　錫　壬	中　國　文　學
增　訂　江　皋　集	吳　俊　升	中　國　文　學
浮　士　德　研　究	李辰冬譯	西　洋　文　學
蘇　忍　尼　辛　選　集	劉安雲譯	西　洋　文　學